武者小路実篤とその世界

直木孝次郎

塙書房

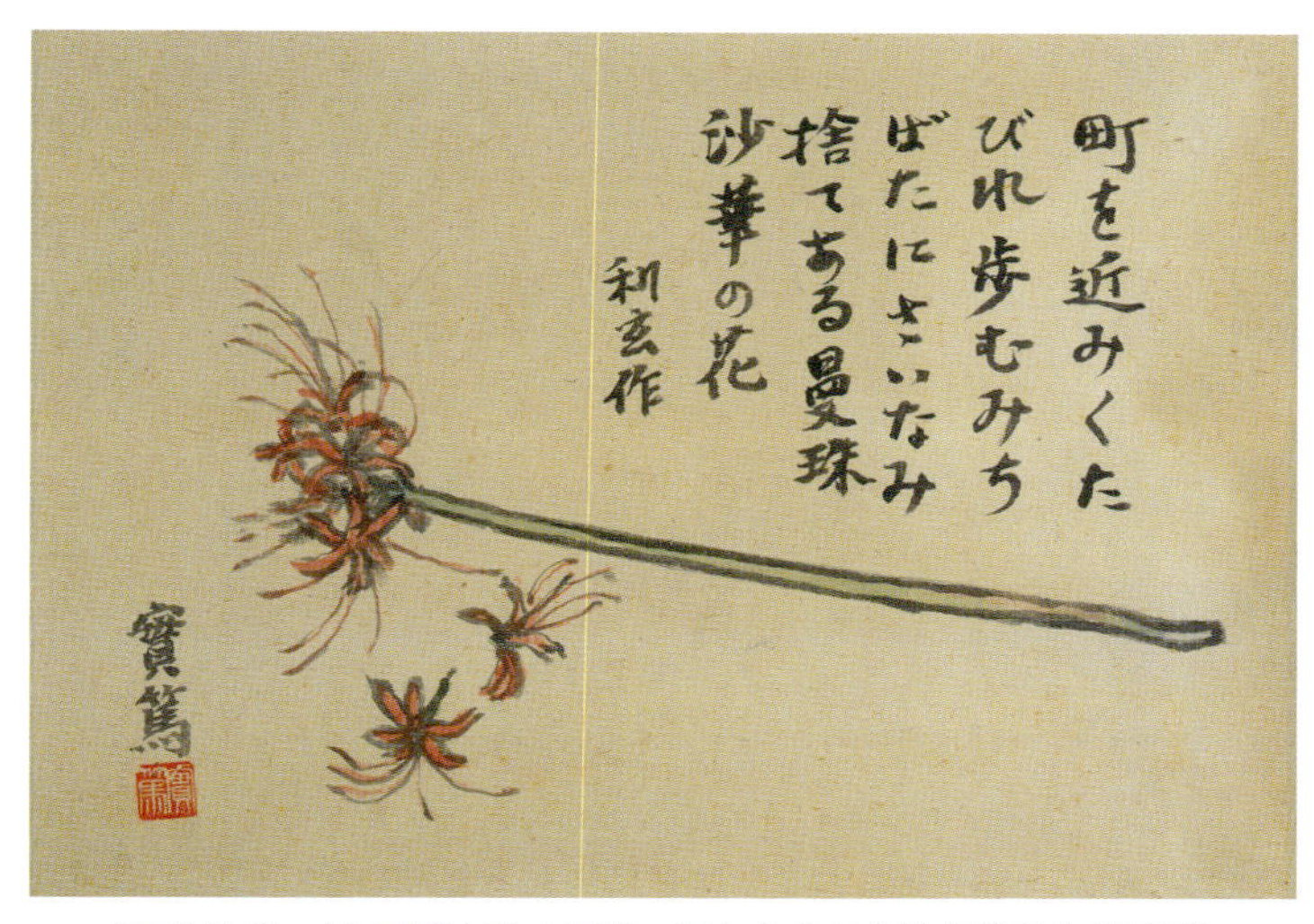

「曼珠沙華」（上田慶之助氏旧蔵、調布市武者小路実篤記念館所蔵）
（133頁「梨と彼岸花」参照）

目次

武者小路実篤とその世界

目　次

はしがき

武者小路実篤の名は、私はおさない時から耳にしていた。文学者・作家の名を知った最初であろう。私の父は神戸に生れ育ったが、武者小路が志賀直哉らと雑誌『白樺』を創刊した一九一〇年（明治四三）ごろは、東京の早稲田大学の学生で、『白樺』を創刊した時から愛読し、とくに武者小路に傾倒した。

大学を卒業してから神戸に帰り、結婚して家を持ち、家業の米穀商を継ぐのであるが、一九一八年（大正七）五月ごろより武者小路が、「新しき村」（以下「村」と略称することあり）の創立をめざして活動をはじめると、早速それに協力し、この年の十一月、九州日向(ひゅうが)の宮崎県児湯(こゆ)郡木城(きじょう)町に「村」が生れると、村外会員となった。私はその二ケ月のちの一九一九年一月に生れた。

そんな父であったから、商売は下手で、米相場で儲けることなど、考えもしなかったが、父の父、つまり私の祖父が明治時代にマッチ製造をはじめ、輸出にも成功したお陰で、家の経済は祖父が元気なあいだは困ることはなかった。そんな父だから、私が小説を耽読していても、とがめられたことは一度もなかった。

一方、「新しき村」は、一九三九年（昭和一四）に「村」に添って流れる川に水力発電のためのダムが造られ、「村」の大半が水没することになったため、水没の補償金で東京の近郊に土地を求め、一家族だけが日向の「村」にのこり、大部分は埼玉県に新しく土地を購入してできた「村」に移った。これが現在の「村」である。

「村」の生れた一九一八年から約二〇年間、武者小路はたびたび東京と日向の「村」とのあいだを往復した。はじめのころは鉄道は大分県の佐伯までにしか通じておらず、佐伯から汽船と馬車を乗りつがねばならなかった。鉄道が通じてからでも、「村」から最寄りの駅まで約二〇キロ、その上、鉄道のスピードも遅い。武者小路先生は途中の大阪や神戸で一泊することが多く、私の家もよくお宿をした。私が武者小路の名を子供の時から知ったのはそのためである。そして父が尊敬しているから、よほど偉い人だろうと思っていた。そのためおとなの小説が読めるようになった中学の低学年のころから、その作品に親しんだ。

ただし中学の低学年では、佐藤紅緑の少年小説や山中峯太郎の冒険小説などを愛読し、高学年になると受験勉強に追いまくられて、本格的に武者小路を読んだのは、やはり昭和十四年（一九三九）に旧制高校にはいってからである。

「世間知らず」（大正元）・「その妹」（大正五）・「友情」（大正一〇）・「人間萬歳」（大正一一）・

「或る男」（大正一二）・「愛慾」（大正一五）・「人類の意志に就いて」（昭和一〇）・「愛と死」（昭和一四）などをおぼえている（括弧内は発表年）。そうして「自己を生かすこと」の大切さを知った（右のリストには出てこないが、「自己を生かすために」（大正八）という著作もある）。

私は自分の仕事としては日本古代史の研究をめざしているが、二〇〇九年（平成二一）九〇歳をすぎるころから、視力とともに読書の根気や記憶力が衰えて、古代史の研究を続けるのに限界を感じ、二〇一五年一月に『日本古代史と応神天皇』を刊行したのを最後として、日本古代史の研究を公表するのをやめた。そして長いあいだ、お世話になった武者小路実篤先生について、以前に書いた拙文を主とし、若干の新稿を加えてまとめたのが本書である。これを以て武者小路先生への感謝の一端としたい。

以上が、本書の成立、発表の事情である。私の本務とするところから離れた、落穂拾いとも言うべき文集である。そのなかには、専門の研究者の見落している大切な落ち穂があるかもしれないが、本格的な研究とはいいがたい。本格的研究を期待して読まれる方には期待に反することを、おことわりしておく。

この本を書くに至った経過を記して、序文に代えさせていただく。

二〇一五年五月三十一日

直木孝次郎

I　武者小路実篤とその時代

一　武者小路実篤における平和と戦争

はじめに

武者小路実篤は一九一五年（大正四）に戯曲『その妹』を書いて、戦争のもたらす悲劇を論じた。画家を目ざしていた青年が、兵士として戦場に派遣され、目に負傷して視力を失ない、画家となることを諦めて小説家を志しているが、一人前になるのには今一歩である。両親はすでに死に、美しい妹とともに叔父の世話になっているが、妹は叔父の勤めている会社の社長のむすこで、道楽者ののらくら者がぜひ嫁にほしいという。むろん、妹はそんな男のところへ行きたくはないが、ことわれば叔父が職を失なうかもしれない。進退きわまって妹は悩むが、ついにその道楽者と結婚する覚悟をきめる。兄はそれをどうする力もない。「俺は今力がほしい」と言って泣くところで劇は終る（この最後の台詞（せりふ）は版によって多少の相違がある）。

この作品で武者小路実篤は戦争反対の考えを明らかにしたが、その翌年の一九一六年には、戯曲『ある青年の夢』を『白樺』の同年三月号から十一月号までの三・四・六・八・十・十一月の六冊に掲載して、さらに反戦・平和を強調した。この作は翌年一月に単行本として刊行され、さらに中国の著名な作家魯迅（一八八一―一九三六）による中国語の翻訳が、『或一個青年的夢』という題で上海の商務院書館より刊行された。

一八八五年生れの武者小路は、一九一六年に三一歳、もっともエネルギーの満ちた年代である。彼は戦争反対・平和尊重の論客として世に知られた。

この作品が発表された年は、一九一四年に第一次世界大戦がはじまって三年目で、ヨーロッパの戦況はいよいよはげしくなり、一九一六年二月から七月にかけてフランスのヴェルダンで激烈な攻防戦がくりかえされ、またこのころから塩素ガスによる毒ガスの使用がはじまる。

この国際情勢を受けて、日本の国内でも反戦の議論がおこり、大正時代のデモクラシー運動を指導した吉野作造の平和論や、石橋湛山の非戦略主義・平和主義の主張があらわれる。湛山の平和主義は吉野の説ほど広くは知られなかったが、彼は、国内の産業と貿易とを発展させれば、当時多くの人たちが問題とした日本の過剰人口対策としての海外進出の必要はなく、当時日本が領有あるいは勢力下においていた朝鮮・満州を放棄することができる、というきわめて新鮮な意見を主張した（松尾尊兊『近代日本と石橋湛山』東洋経済新報社）。

武者小路の主張は政治・経済の世界にあらわれたこれらの説とは無関係で、主としてトルストイの平和論の影響をうけたものと思われるが、当時の文学界には類例のほとんどない説であった。

彼が反戦平和を主張した一九一六年（大正五）という年は、日本の勢力が朝鮮・満州に進出していただけではなく、その前年に中華民国（中国）に、二十一ケ条の要求をつきつけ、強引に受諾させている。

彼の反戦平和の主張は、いつ弾圧をこうむるかもしれない危険がある。それだけにそのころ平和に関心をもつものに強い印象を与えたであろう。そのため、それより二六年後の一九四二年（昭和一七）に武者小路が『大東亜戦争私観』を著し、米・英等の欧米列強諸国との戦争を支持・礼讃したことは、平和に関心をもつ人々の多くを驚かせた。

『武者小路実篤全集』（小学館）の編者の一人・本多秋五は、「仮りにも時局便乗などするはずのない人」と思われていた武者小路が、「平和主義者から戦争讃美論者への豹変」をしたとし、つぎのように論ずる（『武者小路実篤全集』一五巻七五四ページ以下）。

まず、『大東亜戦争私観』はあきらかに「緒戦の赫々たる戦果に乱酔した人の書物」であるとし、第一次大戦の当時、「人類に奉仕するものとして、詩のように調子の高い長い長い戯曲『ある青年の夢』を書き、戦争が才能ある青年男女の運命を狂わす悲惨を『その妹』に書いた、反戦平和主義の人が、どうしてこういう熱狂的な戦争讃美者に変ったか、これが謎である」という。

筆者（私）は『大東亜戦争私観』が米・英等の諸国との戦い（アジア太平洋戦争）における「赫々たる戦果」の影響を受けてかかれた書であることは認めるが（但し、乱酔はいいすぎ）、それを「謎」であるとする本多の説には反対である。「謎」として、そこへ至る武者小路の事情ないし心情の考察を放棄するより、そのいわゆる「謎」の解明に努めるのが、武者小路研究の本道であろう。

以下、この「謎」が本当に「謎」かどうかを考えることとする。

1

本節では、まず武者小路が一九一六年に反戦平和の『ある青年の夢』を書いた前後の彼の家庭の環境について述べる。

結論を先にいうと、そのころの彼の家庭の環境は非常に安定していて、彼が反戦平和論を書くのを妨げる条件はなにもなかったといえる。明治時代に定められた民法では、戸主の権力が非常に強かったが、武者小路の家では戸主であった実篤の父は武者小路が二歳のとき死去して、戸主は実篤の二才年上の兄の公共（きんとも）が子爵の爵位とともに継承していた。兄の公共は東京帝国大学の法学部（そのころは法科大学と言った）を卒業、学生時代に外交官試験に合格、卒業とともに外務省に就職するという秀才であったが、思想的にはリベラルで、風変りなところのある弟の行動に干渉するようなことはほとんどなく、むしろはげましている。実篤も兄を信頼して尊敬していた。

実篤にはこの兄のほかに五才年うえの姉の依嘉子（いかこ）があったが、彼女は早く結婚し、一八九九年、実篤一五歳のときに二〇歳で病没し、家庭には兄と実篤のほかには、一八五三年生れの母・秋子（なるこ）がいるだけである。実篤自身は一九一三年（大正二）に竹尾房子と結婚したが、まだ子供はなかった。彼は一四年に兄と別居して一戸をかまえたが、月々五〇円を貰い、実際上は家族といってよかった。そして一九一六年に『ある青年の夢』を発表するのである。

家の経済は父が早く逝去したため裕福とは言えなかったが、兄が子爵の爵位を継承しているので、生活に困ることはなかった。一九〇八年（明治四一）実篤が最初の著書『荒野』を出版した時の費用四〇〇円の出所について、彼はつぎのように記している。

出版の費用四〇〇円（現在の貨幣価値に換算すると、二〇〇万円～三〇〇万円位か）は、実篤は兄が出してくれたものと思っていたが、ずっと後、五〇年もたってから、その金は兄の武者小路公共一家の会計の顧問をしていた井上馨（かおる）が出してくれた、と兄から打ちあけられて、驚いたという。兄の公共は、井上馨には「悪いうわさ」（利殖のために、利権をあさるのに熱心で、三井財閥の番頭といわれたことを指すのであろう）があるので、実篤が気をわるくするのではないかと思って、話さなかったのであった（『思い出の人々』全集一五巻、六五九ページ）。

それにしても豊かな財産を持つ井上馨が会計の顧問をしているくらいだから、武者小路家が金に困ることはなかったであろう。

家庭の人間関係も経済もこういう状態であるから、武者小路は思うままに筆をふるうことができた。

そのため、『ある青年の夢』を書いてから二六年後の一九四二年（昭和一七）に武者小路が『大東亜戦争私観』を書いて、米・英等の列強諸国との戦争を支持・礼讃したことは、平和に関心を持つ多くの人々を驚かした。本多秋五は、前述のように「仮りにも時局便乗などするはずのない人」と尊敬されていた武者小路が、「平和主義者から戦争讃美論者への豹変」したのは「謎」であると論じたのである。

以下、この「謎」が本当に「謎」であるかを考えようと思う。

2

実篤の家庭は平穏であったと記したが、波乱のない穏和な状態がいつまでも続くことは困難である。実篤の家庭の場合もそうであった。

実篤が一九一四年に兄の家を出て別居したことはさきに記したが、その当座は平穏は続いた。彼はその翌年三月に戯曲『その妹』を発表し、これが出世作になり、その年六月には前年（一九一四年）に発表した『わしも知らない』が帝国劇場で上演された。そしてその翌年に、反戦平和を論じた戯曲『ある青年の夢』が発表されるのである。新進作家として、実篤の名は文壇以外にも知られるようになる。そしてこのころまで、兄の公共が戸主として支配する実篤を含む一家には何の問題も波瀾もなかったが、一九一八年ごろから実篤の身辺にはいろいろ問題が起こる。

実篤は従来から協働共生の理想社会の実現を模索していた。大津山国夫が指摘するように、彼は一貫して文学的世界に自己を限定することを拒み、「理想国の小さなモデル」をつくりたいと一九〇八年（明治四一）五月十九日の「日記」に記した（大津山『武者小路実篤論』三六〇ページ）。一九一八年にこうした考えをすすめ、理想社会を「新しき村」（以下「村」と略す）と名づけ、その創設する考えをこの年六月に、『白樺』や「大阪毎日新聞」に発表した。

これ以後、彼の身辺も彼自身もにわかにあわただしくなる。彼は「村」の候補地を九州の日向（宮崎県）に求めることにし、九月に東京を出発して、武者小路に賛同した同志十数名とともに九州におもむき、十一月十四日に宮崎県児湯郡木城村に「村」の地を定めた。そうして実篤は約二〇人の同志とともに「新しき村」に移住して新しい生活を始める。

当初実篤は同志の村内会員とともに「村」で暮し、労働をともにしたが、そのかたわら、執筆にも力をそそぎ、一九二〇年（大正九）末までに『幸福者』・『友情』・『耶蘇』・『或る男』（『改造』に連載、全二二九章のうち一〇〇章まで）などを書いた。

その翌年ごろから東京や各地へ出かけて講演その他の仕事をすることが多くなる。一九二一年実篤は妻の房子とともに「村」に帰るが、この時実篤夫婦に同行して入村した飯河（いごう）安子と結ばれ、二二年、「事実において房子と離婚し、安子と結婚した」と『全集』一八巻の実篤の「年譜」にみえる。安子はその後、実篤の没するまでいっしょに暮し、実篤の暮しは東京が中心となる。房子は「村」の会員の落合貞三と暮し、その後はやはり「村」の会員の杉山正雄と暮し、長寿を保って一九八九年、九七歳で「村」で没する。

房子とのあいだに実篤の子は生れなかったが、安子とのあいだには一九二二年（大正一一）に長女新子、二五年に次女好子、二八年（昭和三）に三女辰子が生れる。このような経過をへて、実篤の家庭生活は満たされるが、その代り、子のなかった時代のような自由は制限される。

その上、日本の状態もかわってくる。一九二四年（大正一三）ごろから日本の経済は不況となり（いわゆる戦後不況）、文学の世界ではプロレタリア文学が隆盛し、武者小路のような理想に生きる人道主義文学は衰え、やがて実篤が「僕の失業時代」と呼ぶ時期にはいる。

日本の政府や軍部は、年号が大正から昭和にかわるころから不況打開を名目にして、大陸、とくに満州への進出を企て、一九二八年（昭和三）に満州の地を支配していた張作霖を鉄道の事故にみせかけて爆殺し、一九三一年には日本陸軍の出先である関東軍がみずから南満州鉄道を爆破し、中国の満州軍のしわざと称してこれを攻撃し、一年足らずのうちに満州一円を支配し、翌一九三二年三月に満州国と称する国を作りあげた。現在は偽国と呼ばれている。しかし当時の日本は、さらに一九三七年（昭和一二）に、万里長城の線を南にこえて中国本土に兵を進め、中国との戦争を始め、日中戦争の時代となる。

それ以後の時代のことを、実篤はのちにつぎのように回想している（武者小路著『自分の歩いた道』、一九五六年、実篤七一歳の著）。


シナ事変が起って、僕は若い時の自分と五十以上で三人の娘を持った僕とのちがいをはっきり知った。若い僕は非戦論者であり、戦争の恐ろしさ、戦争の悪をトルストイの影響もあって、実に痛切に感じていた。当時でも日本が負けていいとは思わなかったが、それ以上に戦争を憎悪した。日露戦争のときは、僕は十九くらいのときだったから、まだ世間に自分の考えを発表する力はなかったが、トルストイを愛読している最中であった。だから戦争の罪悪を憎み恐れていた。その後も日本は戦争を時々しかけたが、内地に攻めこまれる心配のない戦争で、戦争を憎悪し、戦争にゆく人に同情はしたが、戦争に否定的な態度をとっても一部の人からは攻撃はされても、自分の書いたものは平気で雑誌にのった。僕は別に牢屋に入る心配もしなかった。

しかしシナ事変が起る前には、戦争の起る恐ろしさを随分書いたが、シナ事変が起ってから僕は戦争に特に反対する勇気がなかったのは事実だった事は、告白する方がいいわけするより正直なところが多いと思う。しかし五十過ぎて娘を三人持った僕は、いつも妻や娘からあまり自分の思ったことを露骨にいわないように注意を受けたのも事実で、僕はシナ事変には反対はしなかったが、賛成もしなかった。なにか割切れないものを感じた。しかしはっきり反対するほど、事実の真相を知らなかったことも事実で、僕がどうしようもないところで事件が起ったのも事実だった。

（『全集』第一五巻五八二ページ以下）

以上のように実篤は告白しているが、こうして彼は、一歩一歩、戦争へ近づいてゆく。やがて日本が、米・英等欧米の列強を相手に戦争をはじめた一九四一年の翌年の一九四二年に、戦争を讃美する『大東亜戦争私観』を発表するのであるが、『ある青年の夢』を書いた一九一六年から二六年の時が流れ、かつての青年も熟年の初老となっている。日本の国際関係も大きく変化して、かつて反戦平和を主張した時は日本は相手国に攻めこまれる危険のほとんどない安全な立場にあったが、一九四〇年代の日本は、そんな安全は期待できなかった。そういう状況下で、反戦から開戦へ考えを変えたのを、「不思議だ」「謎だ」というのは、単純すぎる批判ではなかろうか。

3

つぎに考えなければならないことは、武者小路実篤は『大東亜戦争私観』を書くより早く、戦争を肯定し讃美する作品を発表していることである。彼は五幕の戯曲『楠正成』を執筆して、一九二三年（大正一二）に中央公論社より出版している。

平和を愛する武者小路が、天皇のための戦争の話を書いたことを驚く人もあるかと思うが、当時の実篤は『白樺』一九二三年四月号の「六号雑記」に、

今度中央公論に出した楠正成は近頃のものでは自信がある。僕の作として恥かしくないものと思ってゐる。（中略）よき舞台監督とよき役者がやってくれたら自分もみたい芝居である。

と書き、自信満々の作である。彼が頼まれていやいや書いたのでは決してない。

しかし、一方、この本の序文によれば、この脚本は大正十二年、日向の「新しき村」で書

いたもので、参考書がなく、「小学校の先生から太平記をかりて、それを唯一の参考書にして書いた」とある。これも正直な告白であろう。後醍醐天皇が執権の北条氏を討つ計画が洩れて笠置山に避難したとき、大きな木の南の枝がりっぱに延びた下に天皇の「御座所」が設けられている夢を見て、楠を姓とする者が自分を助けてくれることを信じて、正成を呼び出して助けを求めたというところから、北条氏を亡ぼして一旦、建武の中興が成就し、その後、謀反して強大な勢力を得た足利尊氏を討ったため、朝廷は楠正成をさしむけ、正成が摂津の兵庫で戦って敗れ、湊川のほとりで死ぬが、死ぬ時、正成が弟の正季（まさすえ）に死後の望みを問い、正季が「七たび生れかわって朝敵を滅そうと思う」と答え、自分もそう思うと言って、二人刺し違えて死ぬところまで、『太平記』の記述と同じところが多い。

しかし『太平記』は当時の史実を正確に伝えたものではなく、明治時代においても、実証主義の歴史学者・久米邦武の「太平記は史学に益なし」という論文に代表されるように、『太平記』には読者の興味本位に作られた物語の多い作品である。近年は、『太平記』は軍記物特有の誇張や曲筆はあるが、時代の本質を伝える部分も少なくないとして、再評価する動きも強いが、正成兄弟が「七生報国」を誓って刺し違える場面などは、『太平記』が儒教思想にもとづいて創作したものであろう。作者の武者小路は、これを事実と思ってはいなかったであろうが、その壮烈な死を称讃する気持ちは十分あったと思われる。

また、そこへ行くまでに次のような場面も書かれている。金剛山の千早城の戦いのはじまる直前のことである（以下、武者小路の原文より引用）。

正季　この谷々は今に人間の死骸にうづめられ、血は流れて川をなすでせう。
正成　兵隊は可哀さうだがやむを得ない。

（中略）

正成　面白い。それなら気の毒だがやつけてやるかな。

（火益々盛んに燃える）

正成　さあ皆、今日こそ、皆に地獄の様を見せてやる。

こうして、その火には油がそそがれ、罪のない兵士が、たくさん死んでゆくのである。

そのような作品を書く武者小路には、これよりのちに強大・強力な米・英など列強に無謀な戦争をいどむ太平洋戦争を是認して、『大東亜戦争私観』を書く下地（したじ）ができていたと考えるべきであろう。

本多秋五は前述したように、「反戦平和主義の人が、どうしてこういう熱狂的な戦争讃美論者になったか、これが謎である」というが、武者小路は一九二三年（大正一二）に『楠正成』を書いたとき、天皇のための戦いを是認し、反戦平和論を捨てているのである。彼が太平洋戦争が起ったとき、『大東亜戦争私観』を書くのは、当然のなりゆきである。なぜそれを「謎」というのか、私にはそれが「謎」である。『武者小路実篤全集』の編者の一人である本多が、まさか『楠正成』を読んでいないとは思われないが、どのように読んだのであろうか。

『楠正成』を載せる全集第六巻の「解説」は、武者小路実篤の三女辰子が執筆している。彼女は六巻に載せた作品では、『人間万歳』と『愛慾』に多くのページを割いて評論しているが、筆者のみるところ、『楠正成』は取りあげていないようである。作品の版による相違（誤記・誤植の訂正を主とするが、意識的な訂正も含む）はくわしく記しているが、作品の批評には及んでいない。

武者小路をよく知っているはずの人が、武者小路の戦争反対論から肯定論への変化をどのように考えたかは明確でないが、その事実は認めねばならない。

4

以上、第三節に述べたように、武者小路は若い時は反戦平和論を主張していたが、一九二三年に書いた『楠正成』では、天皇や天皇の治める国・日本のために、身を捨てて戦う正成を礼讃している。彼はこの作品において、かつての反戦・平和論者から天皇のための戦争はやむをえないとして肯定する論者に変身したのである。

武者小路は、一九三七年（昭和一二）からはじまるアジア・太平洋戦争の場合は、中華民国（中国）だけを敵として戦っている段階では、戦争の可否について発言していないが、一九四一年十二月に、日本海軍のハワイ・真珠湾の攻撃によって米・英等列強を相手とする太平洋戦争がはじまると、その翌年五月に彼は『大東亜戦争私観』を出版して、米・英列強との戦いを肯定し、激励している。米・英を相手にすることによって、戦争は新しい段階にはいった。中国よりはるかに強大な武力をもつ米・英を相手とすることは、中国と戦うのと意味がまったく違い、天皇の地位も危うくするおそれがある。

しかし武者小路の『大東亜戦争私観』には、その違いは明確には書かれていない。緒戦に勝利したのは敵の不意を衝いたからで、これからの戦争はそれとは違うきびしい戦いになるという危機感が感じられない。むしろ一般の国民のほうが、危機感を強く感じていたのではなかろうか。武者小路が戦後になってから、「僕の本としてあの本くらい、売れない本はなかった」（『自分の歩いた道』）という結果になったのは、強力なアメリカと戦う危機感が書かれていないからだろう。

5

日本はアメリカと戦う以前、一九三一年にはじまる満州事変のときはもちろん、一九三七年に中国との戦いが始ってからも、中国の航空戦力が弱いために、敵の空襲を受ける危険はなかったが、日米開戦後は、開戦の翌年の一九四二年四月に、東京が航空母艦より出撃したアメリカの飛行機の空襲を受けた。日本は米・英を相手にすることによって、戦争は新しい段階にはいったことを、日本人は身にしみて感じた。良心的・進歩的な出版社として知られた岩波書店の社長・岩波茂雄もその一人であったと思われる。

彼は中国との戦争にはむしろ反対であったが、米・英諸国との戦いが始まると、進んで戦争に協力し、開戦の翌年の一九四二年には、陸軍と海軍に戦闘機を一機づつ献納した。中島岳志著の『岩波茂雄―リベラル・ナショナリストの肖像―』(二〇一三年、岩波書店)によれば、それを一九四三年のこととするが、それでは米・英と開戦して三年目で、おそすぎる。私の記憶によれば、二年目の一九四二年のことであったと思う。そのころ私は、岩波書店の本を熱心によむ二三歳の学生であった。

詩人で彫刻家の高村光太郎は、戦後の作であるが、「暗愚小伝」のなかで、つぎのようにうたう。

つひに太平洋で戦ふのだ。
詔勅をきいて身ぶるひした。
この容易ならぬ瞬間に
私の頭脳はランビキにかけられ、
昨日は遠い昔となり、
遠い昔が今となつた。
天皇あやふし。
ただこの一語が
私の一切を決定した。

そのほか開戦の感動をうたった歌人も多い。

武島羽衣は、

とこしへの平和のための戦ひを詔(の)らす御言葉は神の御言葉

佐佐木信綱は、

大詔(みこと)かしこみまつり一億の御民の心炎(ほのお)とし燃ゆ

川田順は、

たたかひはわが志ならずと宣(の)り給ふ大みことのりに命は捨てむ

吉井勇は、

みことのり聴きつつ思ふいまぞわれら大君のために死ぬべかりけり

北原白秋は、

天にして雲うちひらく朝日かげ真澄み晴れたるこの朗ら見よ

ここにあげた五人の歌人は、戦争のはじまるよりずっと前に、これらの歌より早く作ったつぎの歌で有名である。

武島羽衣

春のうららの隅田川／のぼりくだりの船人が／櫂のしづくも花と散る／ながめを何にたとふべき（下略）

佐佐木信綱

ゆく秋の大和の国の薬師寺の塔の上なる一ひらの雲

川田順

春の国はおぼろに暮れて花蔭の君に集まる夕光かな

吉井勇

かにかくに祇園は恋ひし寝るときも枕の下を水のながるる

北原白秋

春の鳥な鳴きそ鳴きそあかあかと外の面の草に日の入る夕べ

これらの歌人たちが平素は愛の歌や美しい叙景の歌ばかり作っていたのではあるまいが、戦いの歌を作ることはめったになかったであろう。それが一斉に戦いの歌を作っているのは、十二月八日の真珠湾の勝利のつぎにくる敵のはげしい反撃を予想したからであろう。

このように平素は文化と平和を愛する人々が、つぎつぎと日本を守るために立ち上った。武者小路もその流れに押されて、『大東亜戦争私観』を書いて公表したのであろう。この書は一九四二年三月に書かれ、同年五月二十日に刊行された。日本文学報国会が五月二十六日に行なわれた大会で、関係者が武者小路に劇文学部会長を委嘱したのは、この書の刊行によるのだろう。同年十一月三日には、彼は大東亜文学者大会で講演をし、その後も同会の役員として、翌一九四三年四月に文化使節団に加わって、中国を訪問し、日中共同の文化協会の大会に出席した。

このころまで武者小路は政府の要請に応じて行動しているが、この年は、四三年二月に日本軍はアメリカの反撃によって南太平洋の要衝ガダルカナル島を捨てて退却、北太平洋ではアリューシャン群島のアッツ島を占拠していた日本軍一万余名が五月に全滅玉砕するという状態で、敗色が濃厚になった。日中の連合艦隊司令長官山本五十六大将は、この年の春、将兵の士気を鼓舞するために南太平洋を視察してまわるが、四月に敵の待ち伏せの攻撃によってブーゲンビル島上空で戦死した。東京ではアメリカの空襲を警戒して、九月に上野の動物園の猛獣を毒薬で死亡させるという状態に追いこまれた。

武者小路は翌年の一九四四年に中国の南京で開かれる大東亜文学者大会に出席を依頼されるが、兄公共の忠告にしたがって、辞退して欠席し、メッセージを届けるだけにし、この年の末に空襲を避けて伊豆の大仁（おおひと）に疎開し、一九四五年は、五月に秋田市へ、六月には秋田県雄勝郡稲積温泉に移り、ここで八月の終戦を迎え、九月末に東京・三鷹の自宅に帰った。

このように武者小路は敗戦を予測して疎開生活を送っていたので、一九四五年八月十六日に配達された新聞で敗戦を知ると、十六・十七の両日は仕事を休むが、十八日に「陸輸新報」に連載中の「若き日の思い出」（原題「母の思影」）を書きついだ。

本多秋五は、『武者小路全集』一五巻の解説で、「たった二日休んだだけで、戦中からの連載小説の稿を継ぐことのできた武者小路実篤の頭の中はどうなっていたのだろう？」と驚いているが、武者小路は敗戦を予想して秋田県の温泉で暮しており、また東京三鷹の留守宅は戦災を受けず、無事に残っている。また執筆中の作品も、戦争と関係のない母の思い出である。空襲で自宅が焼かれ、全財産を失い途方に暮れている罹災者ではないのである。彼が二日のちに仕事を始めたことを、そんなに不思議がることはないと思う。

武者小路は九月末に三鷹の自宅に帰る。三人の娘もその夫たちも無事であった。翌年三月、貴族院の勅選議員に任命されるが、同年七月、公職追放の該当者になり、勅選議員は辞職する。それ以外には公職といえる仕事はしていないから、実害は少なかった。そして一九五〇年、連合軍による日本支配が終り、武者小路の公職追放も、この年八月に解除され、同年十一月に文化勲章を受賞した。こうして彼は平穏な生活にもどることができた。

付録　武者小路実篤『ある青年の夢』について

『ある青年の夢』は序と四幕五場から成る大作の戯曲で、一九一六年（大正五）三月刊の『白樺』七巻三号から同年十一月刊の『白樺』一一号までの三・四・六・八・一〇・一一号に連載された。翌年一月、洛陽堂より単行本として刊行、さらに一九二一年には魯迅が中国語に翻訳し『或一個青年的夢』という題で上海の商務印書館より刊行された。全集では第二巻に収める。

一八五五年生れの武者小路はこの時三一歳、もっともエネルギーに満ちていた時代である。作品では、一九一四年に『彼が三十の時』、一九一五年に『その妹』を著し、『ある青年の夢』を書いた二年後に「新しき村」の建設に全力を傾注する。武者小路の思想と文学の発展のなかでもっとも重要な時期を代表する作品と言ってよかろう。

本書の三三ページ以下に載せた引用をご覧下さればわかるように、これは戦争反対の作品で、全編それに終始している。紙面の関係でここに引いたのは第一幕からであるが、第一幕では主人公で武者小路の分身でもある「青年」が「見知らぬ者」につれられて、死者の世界の平和大会に出席する。青年ら二人の他の出席者はすべて戦争で生命を奪われた亡霊たちである。当然、亡霊たちは反戦の演説をし、青年も論議に加わり、生者の立場から反戦を説く、戯曲はこういう形で展開する。

この作品が発表された一九一六年は第一次世界大戦がはじまって三年目で、ヨーロッパの戦況はいよいよ苛烈になり、ドイツ軍の毒ガス使用やヴェルダンの激戦が日本にも伝えられ、日本国内にも反戦の議論はあがっていたが、文学者ではこれほど熱心に戦争を批判し、反戦平和の趣旨をつらぬいた作品は他にないのではなかろうか。

引用した最初の部分では、大きな刀を持った二人の男が、互いに相手を憎んでもいないのに、相手が先に刀を抜くことを怖れて殺しあう。軍拡競争がやがて戦争に至ることを諷刺したファース（笑劇）である。

そのつぎの部分では、J国の名で日本が朝鮮を支配し属国にしたことを糾弾している。当時戦争批判は吉野作造・石橋湛山など政治学者や経済学者の中には若干いたが、文学者や歴史学者にはほとんどなく、とくに朝鮮合併の批判は武者小路以外にはなかったのではなかろうか。三年後の一九一九年朝鮮におこった三・一万歳事件に際し、白樺同人柳宗悦は朝鮮民族擁護の筆を執るが、先蹤は武者小路の『ある青年の夢』にある。

おわりの方の「青年」の演説では国家主義を批判し、やがて国家主義が衰え、外国人を友達とし、戦勝者も敵国人も同じ人間として見る時がきっと来ると断言する。そして、恐ろしいのは戦争が避けられないと思うことである、戦争がなくなることを人類は望んでいる、今に個人も国家もそれを望むようになるだろう、と力強く論じている。

武者小路はこの作品のなかで「今かく云ふとへんに聞へます」「今は虫のいゝ空想に見えるでしゃう」と自分の説が容易には受けいれられないことを認めている。しかしそれから八十余年たった現在では、武者小路と同じ反戦平和の思想が世界の各地で起こっているように思う。戦争は地震や火山の噴火とちがって人間が作り出す災害である。それならば人間が戦争をなくすことはできるはずである。我々は武者小路の主張に従い「さふ云ふ時代をこさせる為に働かねば」ならないと思う。

『ある青年の夢』（抄）

亡霊五。之から二人で一寸狂言をしてお目にかけます。

（二人は先づ壇をおり剣をもつて両方から壇にのぼる）

亡霊五。（独白）向ふから恐ろしい奴が来た。大きな刀を持つてゐるな。いやな奴に出あつたものだ。俺に切りつけて来なければいゝが、さうだあいつが俺を切らない前に俺があいつを殺してやらう。

亡霊一。（独白）向ふから大きな刀をもつたいやな奴がくる。これは油断が出来ないぞ。もしかしたら俺を殺さうと思つてゐるかも知れないぞ。さうだ。こつちでさきに殺してやらう。

（二人ゆきちがう時に、同時に切りつける）

亡霊五。人を切る気だな。

亡霊一。お前こそ俺を殺す気だな。

亡霊五。刀をすてればゆるしてやる。

亡霊一。お前の方からさきに刀をすてろ。

亡霊五。その手は喰はないぞ。

亡霊一。俺の方だつてその手は喰はないぞ。

（二人同じく傷し、滑稽に倒れる）

亡霊五。あいたゝ。

亡霊一。あいたゝ。

亡霊五。なんの恨みで俺を殺さうとするのだ。

亡霊一。お前こそなんの恨みで俺を殺さうとするのだ。

亡霊五。お前の方から切りつけて来たのだ。

亡霊一。いやお前の方から切りつけてきたのだ。

亡霊五。俺はたゞお前に殺されるのが怖かつたのだ。

亡霊一。俺の方だつてさうだ。お前なんか殺したつて始まらない。

亡霊五。俺の方だつてさうだ。殺したくないが殺されるのがなほいやだからお前を殺さうと思つたのだ。

亡霊一。俺だつてさうだ。お前に殺されるのがいやでお前を殺さうと思つたのだ。

亡霊五。お前に殺す気さへなかつたら俺はお前を殺さうとは思はなかつた。それなのにお前はお前の刀に手をかけた。

亡霊一。お前が刀に手をかけたから俺も刀に手をかけたのだ。

亡霊五。それならお前も、俺がお前を殺さうとは思はなかつたら俺を殺す気はなかつたのか。

亡霊一。あたりまいだ。お前が俺を殺さないときまれば誰がお前を殺さう。

亡霊五。もつと前にそのことがわかれば二人は死なずにすんだのだ。

亡霊一。馬鹿なことをした。

亡霊五。あゝ苦しい。とり返しのつかないことをした。二人はこゝでこのまゝ死ぬのか。

亡霊一。なさけないことだ。

（皆笑ふ）

亡霊五。御苦労さん。もうそれでいゝのだ。

（立ち上る）

亡霊一。さうか（壇よりおりる。皆笑ふ）

亡霊五。諸君はお笑ひになりますが、国家的エゴイストの戦争は別として、真に我々が認めるべき、戦争の元因はたゞお互に属国にされることが恐ろしい許りでする戦争です。かゝる戦争だけ個人、或は国民が認めるべき戦争です。その他の戦争は国民が自ら進んで反対すべきです。南亜の戦争は英国の耻ぢです。青島の戦争はＪ国の耻ぢです。印度人にたいするＦ国のやり方は反対すべきです。朝鮮にたいするＪ国のやり方も僭越です。印度や朝鮮は独立する力がよしないにしろ、その国民の盛になることを恐れるやうな方法をとるのは耻ぢです。ロシヤや、ドイツやオスタリーのポーランドに対する態度も耻づべきです。其処の土地の人の自由を不自然に妨害することはよくないことです。我々はたゞそれを恐れる許りで戦争をするのです。属国や亡国のやうにあしらはれるのは実に耐えられないことです。我々は他国を属国にし亡国にすることにはあまり興味を持たない許りではなく心の底からの反感を感じます。他国を属国にしたり亡国にしたりして喜ぶ人間はある階級の人達だけです。（中略）我々は他国を属国にする為には戦はないという同盟を世界的につくるべきです。他国を属国にし、或は亡国にする、換言すると他国民を亡国の民にすると云ふことは耻づべきことです。

（中略）

青年　（中略）しかし恐ろしいのは戦争をすることをすべて生きてゐる人がさけられないことだと思つてゐることです。否それ以上に戦争を愛しなければ耻のやうに思つてゐることです。戦争を恐れることを国家は何より恐れております。戦争に弱くなると云ふことは国家の滅亡を意味する。かう皆は思つてゐます。（中略）しかし今後は国家は無上のものとはならないでしやう。我々は前の弁士も云はれたやうに、外国人を友達として見ることが出来ます。戦勝者も戦負者（ママ）も敵国人を同じ人間として見る時がきつと来ます。昔は占領されることは死以上の恐ろしいことでした。しかし占領されることは占領されない時と同じであると云う時代がきつと来ます。今かく云ふとへんに聞へ（ママ）ます。しかし人類はそれを望んでゐるのです。今に個人も国家もそれを望むやうになるでしやう。かくなつた時に戦争は不必要になります。そして征服者は被征服者の機嫌をとらなければならない時が来ます。かくなつた暁に勝利は無意味なものになり、戦争も無意味なものになります。このことは今は虫のいゝ空想に見えるでしやう。しかし個人の自覚は其処までゆかなければおさまりません。人類はそれをのぞんでゐられます。（中略）我々はさう云ふ時代がくることを切にのぞみます。又さう云ふ時代をこさせる為に働かねばなりません。

二　武者小路実篤と乃木希典

はじめに

一九一二年（明治四五）九月、明治天皇に殉死して世を去った乃木希典は、国家主義・軍国主義の明治を代表あるいは象徴する人物であった。それに対し、一九一〇年に創刊された雑誌『白樺』に拠る人びとは、近代的な個人主義・平和主義を信奉し、大正デモクラシーの一面を代表するグループである。そして偶然のことながら晩年の乃木は、『白樺』の同人の大部分が学んだ学習院の院長を、一九〇七年から自刃する一九一二年まで務めた。

そのような乃木と、白樺派とくにその中心的な地位にあった武者小路実篤との関係を通して、明治から大正への時代の推移を考えてみようというのが、本章の意図である。研究はもちろん十分に熟しているとは言えない。教示をえることができれば幸いである。

『武者小路実篤全集』(小学館版。以下『全集』と略称)第一八巻所収の「年譜」の一九〇七年(明治四〇)の項に、武者小路実篤は、

「人間の価値」という題で学習院で講演、乃木希典院長を前にして、「世に恐るべきものゝ内にても恐るべきは人類の平和の為にあると云ふ軍人の人間の価値を知らぬことです」といったという。

とある。

この話は今ではかなり有名である。阿川弘之氏の『志賀直哉』上(一九九四年、岩波書店)は、「『白樺』の仲間たちは、一人の例外も無く軍人嫌ひであった」という前おきをつけてこの話を紹介し、「人間が人間の価値を知らないところから色々な不幸が起る、一番人間の価値を知らない者は軍人です」と若干文章を変え、

さう言って院長乃木希典大将の顔を睨みつけた

とする。

また渡辺貫二氏(宮崎県から埼玉県へ移った新しき村の中心としてながら年働き、新しき村の理事長も務めた)の編の『武者小路実篤九十年』(一九九五年、財団法人新しき村)でも、前記の『全集』

所載の年譜とほぼ同文でこのことを記している。

しかし右にあげた三つの文章を読みくらべると、「年譜」は「といったという」、『志賀直哉』上は「睨みつけたとの逸話がある」、『武者小路実篤九十年』は「と云う」でしめくくっており、このエピソードの確かな出所を示していない。そこでこの話は、白樺派が軍人嫌いの平和主義であるところから生れた作り話ではないかという疑いも生じるが、話の出所は大津山国夫氏が『武者小路実篤論』（一九七四年、東京大学出版会）で指摘しているように、武者小路の最初の著書『荒野』（一九〇八年刊）に収める「人間の価値」という論文であろう。この論文は標題に「この文は学校で演説しやうと思って書いたのです」という細字の註があり、文末に「四十年六月」と執筆の年月を記している。明治四十年は一九〇七年である。

後年には武者小路は原稿なしで講演するのを常としたが、若い頃はさすがに慎重に原稿を用意したとみえる。四〇〇字の原稿にして一八枚半ぐらいの長さで、問題の軍人批判のくだりは論文の終りの方にみえ、『全集』所載の「年譜」とほぼ同文である。乃木院長も出席している会場で、軍人をきびしく批判したのは事実であろう。また乃木を睨みつけたというのも、一九三五年に行なわれた座談会（「『白樺』座談会」の名で行なわれ、雑誌『文藝』のこの年五月号に掲載された。『志賀直哉全集』一四巻所収）のなかで、この講演を傍聴した志賀直哉がつぎのように語っている。

（講演の）しまひの方へ来て、「直ぐ近いところに腰かけてゐた乃木さんの顔をにらんで、

「人間の価値を知らない者は××ですッ」とやってゐたよ。

戦前の雑誌の座談会なので××と伏せ字になっているが、「軍人」として間違いあるまい。

なお志賀は、「あとで乃木さんが『あれは坊主か』と言ったさうだ」とつけ加えている。またこの時に乃木が学習院院長であったことは確かだが、着任したのはこの年の一月で、武者小路はその前年の三月に学習院を卒業しており、直接乃木の教育を受けてはいない。

白樺派が軍人を忌避したことは、学習院での演説よりすこし前の日露戦中、武者小路と志賀直哉とがつぎのように話しあったことでもわかる（武者小路『或る男』一九二三年、新潮社九〇、『全集』第五巻）。


或る時、真面目になって志賀は云った。

「君は戦争にとられたらどうする」

「僕はゆくより仕方がないと思ふ」

「僕は殺される方が本当ぢゃないかと思ふ」

志賀はそう云った。


「殺される」というのは、戦争に反対して徴兵を拒否したら死刑になる、という意味であろう。そのころ武者小路は人道主義のトルストイに、志賀はキリスト者の内村鑑三に、それ

ぞれ傾倒していた。現実には武者小路は徴兵検査に合格せず、入営しないですみ、志賀は合格して入営するが、連隊の軍医が再検査して、難聴のため兵役に適さずという診断を下してくれ、在営一週間で除隊となり、二人とも軍隊に入らずにすんだ。

「殺される方が本当ぢゃないか」とまで深く考えていなくても、武者小路や志賀らが中心となる白樺派の人々が、戦争ぎらい、軍人ぎらいであったことは確かである。

2

このような白樺派の先頭に立つ武者小路を、批判される側の乃木院長はどうみていただろうか。志賀は前記の座談会で、武者小路の講演のあとで、「乃木さんが『あれは坊主か』と言ってゐたさうだ」と話している。阿川氏の『志賀直哉』に、「あとで乃木院長の側近の者に、『あれは坊主か』と訊ねてゐたさうだ」とあるのは、やはりこれに拠るのであろう。

「坊主か」と言う乃木の発言は、はなはだ興味がある。彼は武者小路の思想を危険なものと認めて、一、二年後のことだが、武者小路らによって刊行された『白樺』の閲覧を、学習院の図書室では禁止するのであるが、武者小路の演説が流行や一時の思いつきに依るのではなく、信念にもとづくものと認めていたのであろう。乃木院長を前にして自分の考えを述べる武者小路に畏敬というほどではなくても、しっかりした男だという感じを持ったのではなかろうか。

学習院で『白樺』の閲覧を禁じたことは阿川氏の著書にみえるが、やはり前記の座談会での長与善郎の発言に、「白樺にかぶれちゃいかんといふんで止められた」とある。「止められた」というのは、図書室での閲覧の禁止のことだろう。長与は武者小路の三歳年下の、一八八八年生れで、『白樺』の創刊の一九一〇年にはまだ学習院高等科の生徒であった。

もっとも閲覧禁止は乃木ひとりの考えではなく、学習院の教師たちの考えでもあったのだろう。『白樺』は「学習院教師陣の間では相当評判が悪かった。少しあとのことだが、『乃木さんが困ってられますよ』と暗に廃刊を勧めに来た人も」あった（前記座談会）という。禁止は、乃木より周辺の学習院幹部の人たちの意見が強かったのかもしれない。私がこう考えるのは、乃木は三〇歳台にドイツに留学するまで、相当な遊蕩生活を送った一時期があり、また一年間にすぎなかったが、前記のようにドイツ留学の経験を持ち、普通に言われるような精神主義一すじの硬直した思想の持ち主ではなかったように思われるからである（このことはあとでもう一度述べる）。

乃木の留学は彼が少将の時であるが、同じ少将の川上操六とともに一八八七年（明治二〇）一月東京を立ち、ベルリンに三月着、翌一八八八年四月ベルリンを離れ、六月に帰京、主としてベルリンで過した（川上は乃木より一歳年上の一八四八年生れ。親しい関係にあったのだろう）。ベルリンには乃木より三年早くドイツに留学した陸軍軍医の森鷗外がいて、乃木は鷗外と相識ることになる。鷗外の日記には明治二十年六月十二日条に「川上・乃木両少将の家に会す」とあるのをはじめとして、同年九月四日・十月六日・同月二十三日・十一月三日等の諸条に乃木と会ったことを記している。なかで十月二十三日条には、「川上・乃木両将官とシルレル骨貴店 Café Schiller に至る」とある。恐らく日本と同様、女性が酒を供するコーヒー店（カフェー）へ、ドイツの事情に通じた鷗外が案内したのであろう。

一八八一年に大学を出て軍医となった鷗外の官位はこの時大尉かせいぜい少佐で、少将の乃木との差は大きいが、ドイツ語だけでなくドイツの生活に慣れた鷗外は乃木に大いに頼りにされたのであろう。のち一九一四年（大正三）二月に鷗外の発表した随想「戴冠詩人」には、乃木のことを顧みて、「ベルリンに一しょに淹留してゐたこともあるので、頗（る）親しかった」と記している。鷗外はつけ加えて「（しかし）それは尋常一般の交際に過ぎなかった」と言っているが、帰国後も交際は続いていた。

「戴冠詩人」にはなおつぎのような文がみえる。鷗外がその後、第一師団に勤務していたとき、乃木が師団司令部へ尋ねてきて、つぎのようなことを頼んだという。それは「高崎に往つてゐる子息がドイツの小説を買つてくれと云つておこす。それがどんな事を書いてある本だか分らない。どうぞ書名を見て、青年に読ませて好いものか悪いものか甄別してくれ」というもので、鴎外は「快く承諾した」とある。鴎外が第一師団に勤めていたのは、一九〇二年（明治三五）三月から日露戦争の始まる一九〇四年二月までで、それは乃木が日清戦争後の一九〇一年から〇四年三月まで休職となり、東京の自宅で静養したり、那須野の別邸で農業に親しんでいた時期である。高崎にいるという乃木の子息は、一九〇二年には二二歳で、士官学校を卒業して少尉に任官していたと思われる長男の勝典であろう。もし乃木が一般に想像されているような軍人精神の一点張りの人なら、若い軍人が外国の小説など軟弱なものを読みたいとは何事かと叱りつけ、一蹴しそうなものなのに、わざわざ鴎外のもとに足を運んで、小説の硬軟の識別を依頼しているのである。息子の教育に理解があり、文学の価値を知っているよい父親であったことを思わせる。

乃木が留学時代だけでなく、帰国後も引きつづき交友関係を保っていたのは、鴎外が軍医にもせよ軍人であるに拘らず、みずから創作の筆を執ることもふくめて、文学に深く通じていることを評価していたのであろう。鴎外が留学中親しく交わった女性が、帰国する鴎外を追って日本にまで渡来したことは、鴎外自身、『舞姫』と題してこの女性を主人公とする小説を公けにしており、乃木もよく承知していたに違いないが、それで鴎外との交際を避けることはなかった。彼自身、「山川草木轉（うた）た荒涼」の詩を作るように、文学の才と情操を有していた。彼はのちに学習院院長となっても、他の多くの教師よりは、武者小路や『白樺』を出す仲間たちをよく理解していたのではなかろうか。『白樺』の閲読を禁じたのは、院長の立場上、若い生徒には早すぎるという教育的配慮を重んじたからであろう。

そのころの日本の政府・警察は社会主義を弾圧の対象とし、『白樺』創刊の一九一〇年には大逆罪の名のもとに幸徳秋水らを中心に、数千人の社会主義者・無政府主義者および同調者を検挙し、二六名を有罪、うち一二名を翌一一年一月に死刑に処した。しかし個人主義の思想や運動には露骨な弾圧は及ばず、『白樺』は安全であったが、学校が閲覧を禁じたのにはこの事件の影響もあったであろう。

『白樺』自身は、ロダン特集の成功以後次第に声価を高めた。武者小路は『白樺』創刊の二年前に作品集『荒野』を出版していたが、『白樺』の創刊された一九一〇年四月に、夏目漱石の推薦で『東京朝日新聞』に「代助と良平」を発表、『白樺』誌上でもめざましく活動する。志賀直哉は「網走まで」（『白樺』一―一）、「剃刀」（『白樺』一―三）などで注目され、中央公論社の滝田樗蔭に求められて一九一二年（大正一）九月刊の秋期特集号に自伝的作品『大津順吉』を載せた。

『白樺』は学習院内で教師たちが心配するようなことを引きおこしたとは思われないが、乃木はその後も『白樺』に注意を払っていたようである。一九一二年四月二十四日の森鷗外の日記につぎのように記されている。

上原大臣官邸の晩餐会にゆく。乃木大将希典来て赤十字に関する意見を艸せしことを謝し、(中略) 白樺諸家の言論に注意すべきことを托す。

このころ『白樺』にとって心配となるようなことが起っていたのかどうか、私にはわからないが、乃木はかつて学習院で学んだ若者たちが危険な道に踏みこまないように善導することを、文学・思想に深い学識を持つ鴎外に頼んだのであろう。彼が『白樺』の個人主義・平和主義をどこまで理解していたかは疑問だが、『白樺』を否定的に見ず、健全に発達することを教育者らしく願っていたと思われる。

3

このように『白樺』の発展を好意を持って見守っていたと思われる乃木は、この五ヶ月後、一九一二年九月に明治天皇に殉死するという劇的な死をとげる。『白樺』の人びとはそれをどのように見たであろうか。

明治天皇はこの年七月二十日に歿し、乃木希典はその葬儀の行なわれる九月十三日、午後八時に天皇の棺が殯宮を出発する時の号音を聞くと同時に夫人とともに自刃したと推定される。これを知った日本人の多くは、君を思う乃木の真ごころに深い感動をうけた。平素冷静な森鷗外が乃木の死に触発され、一種の興奮状態のなかで「興津弥五右衛門の遺書」四〇〇字の用紙で約二〇枚の作品をその五日後の九月十八日に書きあげたことはよく知られている。

一方それとは反対に、白樺派の志賀直哉が九月十四日の日記に、

乃木さんが自殺したといふのを英子（註、直哉の妹）からきいた時、「馬鹿な奴だ」といふ気が、丁度下女かなにかが無考へに何かした時感ずる心持と同じやうな感じ方で感じられた。

と記し、冷静というより冷淡な受けとめをしていることも有名であろう。武者小路は『白樺』一九一二年十月号の「編集室にて」に、

○乃木学習院長が自殺した。同情した。

○殊に夫人に同情した。旅順で死んだ息子さんにも同情した。しかし武士道は終りを完ふした。（全集一巻六五三ページ）

と感動的ではないが、同情を以て記している。志賀のが私的な日記であるのに対し、武者小路のは公けに発表する文章であるので、それだけ筆が抑制されていることは考慮する必要があろう。

武者小路のより詳しい意見は『白樺』三巻一〇号（一九一二年一〇月）の「三井甲之君に」

という評論のなかの「人類的、附乃木大将の殉死」と題する文にみえる（『全集』第一巻四九四ページ）。その主張するところは、標題からも察せられるように、乃木の殉死を人類的という観点から批判したもので、乃木には人類的・世界的な分子が少なく、その死はそれほど惜しむに値しないというのである。彼自身の表現では、

乃木大将の殉死はある不健全なる時が自然を悪用してつくりあげたる思想にはぐゝまれた人の不健全な理性のみが、讃美することを許せる行動である。（中略）人間本来の生命を目ざまされた人の理性はそれを讃美することを許さない。

とある。

武者小路が「ある不健全な思想」というのは封建思想あるいは武士道徳であろう。死んだ主君のための殉死は、自分を空しくして死ぬという行為である。自己の成長、人格の発展の放棄に他ならず、個人尊重の立場に立つ白樺派はとうてい認めることはできない。そういう死は人類の発展の役に立たない。志賀の日記はやや性急な表現であり、その中に「下女」を引きあいに出すような特権意識がみえるのも気になるが、乃木の殉死はよく知られているように明治十年の西南戦争で連隊の軍旗を奪われたのに加えて、日露戦争の旅順要塞攻略戦で三度の総攻撃に失敗し、四万九千の壮丁を死傷（うち戦死一万四千）せしめた責任にもとづき、乃木は早くからその覚悟を定めていた。彼は天皇が重態におちいったことを知る明治四十五

年七月十九日の前後に、知友の人びとにそれとなく形見分けの品を贈った（鴎外の作品「戴冠詩人」にみえる）。志賀が日記に「無考へ」と書いているのは性急にすぎる。

鴎外は「興津弥五右衛門の遺書」の冒頭に、

某儀今年今月今日切腹して相果候事奈何にも唐突の至にて、弥五右衛門奴老耄したるか、乱心したるかと申候者も可有之候へ共、決して左様の事に無之候

と書いているが（但し『全集』三八巻所収の初出本）、若い者、たとえば白樺派などのなかから、乃木を批判する声が出ることを予想していたと思われる。鴎外は殉死が古い道徳であることは自覚していた。しかし自分より一三歳年長の乃木が古い道徳に従って自刃する気持ちは十分に理解し、尊敬できた。

鴎外は「興津弥五右衛門の遺書」を書きながら、古い時代が移って新しい時代が来ることを感じていたのではなかろうか。鴎外より五歳若い夏目漱石は、乃木の死の二年のちの一九一四年（大正三）に書いた「こころ」のなかの「先生」に、乃木の死によって明治という一つの時代が終ったと感じて、自分にも死の道を選ばせている。乃木は明治天皇に殉じたが、「先生」は明治の精神に殉じた。そして漱石自身は、一〇年前の英国留学（一九〇〇―一九〇三）時代に獲得した「自己本位」の立場―個人主義の立場―の道を進み、「こころ」以前に「行人」、「こころ」以後は「道草」「明暗」などの名作を発表した。それに対し鴎外は「興津

弥五右衛門」以後は、殉死に関係する「阿倍一族」の他、「大塩平八郎」「山椒大夫」などの若干の歴史小説の他には、「渋江抽斎」「北条霞亭」などのいわゆる史伝と評論は書いたが、創作といえる作品は極めて少ない。鴎外はすでに自分が時代おくれの人間になったことを自覚していたのではなかろうか。文壇の形勢も、明治時代の末に盛んとなった自然主義文学は大正初年には衰え、代って頭角をあらわしてくるのが、おそらく鴎外が予測したように、白樺派の文学であった。

鴎外が一九一七年（大正六）に発表した「観潮楼閑話」に、「わたくしは文壇に何等の触接を有せない。余所ながら見れば今日のパルナッソスには『白樺』の人々が住んでゐるやうである」とみえる。パルナッソスはギリシャの山であるが、ギリシャ神話ではアポロンやミューズなど芸術の神の住むところである。

また一九一九年発表の芥川龍之介の「あの頃の自分の事」という回想記には、「その頃は丁度武者小路実篤氏が、将にパルナスの頂上へ立たうとしてゐる頃だった」とある。「あの頃」というのは、一九一九年の「四、五年前」をさすから、一九一四、五年に当り、一七年にはパルナッソスの山に白樺の人々が住んでいたという鴎外の感想と符合する。

乃木に将来を心配された白樺派の人びとは、大正前半期、乃木の死後いくばくもなく、文壇の有力な勢力となっているのである。むしろ乃木の死が、その契機になったかもしれない。

〔追記〕ミネルヴァ書房刊の佐々木英昭著『乃木希典』は、乃木が精神主義一すじの人ではないことを、いくつかの例を挙げて論じている。その一、二を挙げると、学習院に務めて東洋史を担当した白鳥庫吉の論、神話と歴史的事実とは別のものという説をよく理解したこと、反封建の合理主義者、福沢諭吉の著書『帝室論、尊王論』を読んで称讃し、自ら購入して学習院図書館に寄贈したこと、など。

三 『肉弾』の著者のみた乃木希典と新しき村
―桜井忠温著『将軍乃木』より―

1 『肉弾』と桜井忠温

私はさきに「乃木希典と白樺派」（前章「武者小路実篤と乃木希典」に同じ）という一文を発表し、そのなかで乃木は普通いわれているような精神主義・軍人主義一すじの人ではなく、もう少しゆとりがあり、文学などにも理解のある人ではなかったか、と述べた。しかしその根拠として挙げたのは、彼が一八八七年（明治二〇）にドイツへ留学して、三年前からドイツ留学中の軍医森鷗外と親しくなり、以後ながく親交がつづいたこと、その交遊は表面上のことだけでなく、希典が子息の勝典に読ませるのに適当なドイツ語の小説の選択の依頼にまで及んでいること、あるいは乃木自身、「山川草木転荒涼（以下略）」といった情趣に富む漢詩を作ることぐらいで、論拠としては、はなはだ弱いといわれてもしかたがない。

その拙稿「乃木希典と白樺派」の原稿を編集部へ送ったあとで、十数年前に桜井忠温著の『将軍乃木』という本を古書店から購入したことを思い出した。そのころに乃木の研究をしようと思い立ったわけではないが、一九九八年九月に史跡見学のために中国へ行き、旅順の日露戦の戦跡を見たことによる。私たちは東鶏冠山保塁を見学したが、保塁は厚さ二メートルに近いペトンの壁で守られており、〃肉弾〃をいくら注ぎこんでも落とせるものではない。私は日本軍の戦法の無残さに心を打たれた。

桜井忠温は日露戦争のはじまった一九〇四年（明治三七）に四国松山の第十一師団の中尉、第三軍を率いる乃木大将の指揮下にはいり、〇四年八月の第一回旅順要塞総攻撃に加わり、瀕死の重傷を負うて後送、さらに内地の陸軍病院に送還され、〇六年にその酷烈な体験を書き、『肉弾』と題して刊行した。〃肉弾〃という語は肉体を弾丸に代えて敵陣に突入することを意味する桜井の造語であるらしい。そしてその書『肉弾』はたちまち超ベストセラーとなった。私の所持するのは、一九一七年（大正六）初版の縮刷版であるが、「大正十三年三月五日壱千八刷」とある。「刷」は「版」と同じ意味であろう。日露戦争が終って二〇年近くたっても売れているのである。負傷快復後、軍務に就き、陸軍省新聞班長などを務め、一九三〇年少将に進級、退役した。一九六五年に八八歳で没するが、著書多く、一九二八年に『将軍乃木』を著す。私が以下に述べるところは、多くこの書に依る。

2 ヨーロッパ

乃木の性格として注目されることの一つは、軍人にしては好奇心が強く、新しいものを好んで取り入れようとしたことである。それはこの書（桜井著『将軍乃木』）の中ごろにある「新に対する感激」と題する章によく現れている。比較的短いので、全文をつぎに掲げる。

明治四十四年、越後の高田で初めてのスキーの倶楽部が出来た時、招かれて行かれた。その時、乃木さんはテーブルスピーチで「このやうに万の利益があって一の弊害のない利器が、今日初めて輸入されたといふことは如何にも不思議で、西洋文明吸収の落度（おちど）である。これによって見ても、まだ沢山よいものが輸入洩れになってゐることと思ふ」といはれた。

マラソン競争などといふことにも興味を持たれた。しかし、「裸に近い、車夫や馬丁のやうな風をしてやるのは受取れぬ話だ。人間が裸で通せるものならいいが、さうは行くまい、裸で戦争も出来ぬ。あたりまへの風をして競争したらよささうなものだ」といってゐられた。

乃木さんは、徒らに旧を尊ぶ人ではなかった。新に対しての感激は可なり強かった人で、殊に新文明の吸収には極力意を用ゐ、新しいものを取り入れることに熱心であった。

海外の事情については特によく知って居られた。新しい書籍は早く眼を通された。

英国から帰った時乃木さんは一様に世界地図を土産に各方面へ贈った。

陸軍の服装改正ということは昔からたびたび議題に上ったことだが、乃木さんは帽子にしるしをつけたらいい、といふ新しい意見を持って居た。いふことが大てい人とは一寸変ってゐた。しかし、それは研究が出来上がっている結果であった。

以上である。文中、「英国から帰った時」というのは、一九一一年（明治四四）イギリス皇帝の戴冠式に東伏見宮に随行した時のことだろう。この一文を読んで感ずるのは、長いあいだの、いわゆる鎖国が解けて新しい西洋の進んだ文化に接し、積極的にこれを取り入れようとする進歩的な明治時代の人の姿である。乃木も、そのような開明的な明治時代人の一人であったのではないか。明治天皇に殉死する最後の姿があまりに強烈であるために、伝統的・保守的な人物という印象が強いが、それは乃木の一面であって、進歩的・開明的なもう一つの面が彼にはあったのである。そうでなければ、自分より年が一三歳も若く、官もそれに応じて低い軍医の森鷗外と、鷗外がドイツ留学から帰ったあとも一九一二年に没するまで二三年も交際を続けるとは思われない。鷗外も進歩的である一面、ながく山県有朋の庇護を受ける保守的な面があった。二人には共通する所があり、話もあったのであろう。

進歩と保守の両面を持つという点では、乃木のマラソンに関する感想は面白い。マラソン競争に興味を持つのだが、「裸に近い、車夫や馬丁のやうな風をしてやるのは受取れぬ」というのである。明治時代は封建と近代の過渡期で、明治人の多くはその両方を持っていた。乃木もその一人であるといえよう。

しかし武士の家に生れ、二〇歳で明治元年を迎えた人としては、乃木は近代文化・西洋文明へのあこがれは強かったのではないか。日露戦争後、一九一一年にイギリス皇帝の戴冠式に参列し、ヨーロッパ貴族階級の絢爛（けんらん）たる実態に接した時、日本はロシアに勝ったといっても、まだまだ東洋の後進国である。ヨーロッパに学ぶべきことが多いと彼は痛感したのではなかろうか。英国からの帰国土産として前述のように世界地図を各方面に贈ったが、それには、この思いがこめられていたと思われる。

3　趣味は文芸と絵画

乃木はまた趣味もひろかったようだが、主要なものは文芸であろう。まとまった形で残されたものがあるかどうか、私は審らかにしないが、たびたび挙げる「山川草木」など、漢詩の作品が少なくない。誰に手ほどきを受けたかも知らないが、『将軍乃木』によれば志賀重昂に批評を請うたようである。志賀は一八六三年生れであるから、乃木より一三歳若い。むろん漢学者ではなく、地理学者として知られ、『日本風景論』の著があるが、出身は札幌農学校、しかしキリスト教の影響を受けることは少なく、一時三宅雪嶺の『日本人』のメンバーになるなど、国粋保存の運動をしたり、大隈重信や伊藤博文などの政党に加わったり、多方面の活動家である。日露戦争の時、非軍人として旅順包囲軍に従軍したから、乃木との関係はこの時に生れたのであろう。

桜井の『将軍乃木』によれば乃木は志賀の性格を愛し、「詩は志賀重昂氏にいつも見せてゐた。志賀氏は乃木さんに無遠慮に作詩をコキ下ろしたものだが、乃木さんは志賀氏のいふことなら何でも聞いた」という。

短歌の添削は井上通泰に頼んでいた。井上は一八六六年の生れで、旧姓松岡、柳田国男や画家松岡映丘はその弟である。東京大学医科大学（医学部）を卒業して医師となり、医師の井上家にはいって、あとを継ぐ。早くから江戸後期の歌人香川景樹に傾倒し、一九〇七年に御歌所寄人となった。恐らくこの頃から乃木は添削を頼むようになったのだろう。『将軍乃木』には、乃木は「井上氏を師として仕へてゐた。井上氏は『そんなになさらなくても』といってゐたが、師としてでなければ、思ふやうに直してもらへないから、といって居られた」とある。

乃木の歌集があるかどうか、私は知らないが、『乃木希典全集』が一九九四年に国書刊行会より出版されているから、歌はそこにまとめられているだろう。『将軍乃木』に、短歌として左の三首がみえる。

色あせて木ずゑにのこるそれならで　ちりてあとなき花ぞ恋しき
（明治四五年四月）

千萬の火筒のひゞきとどろきて　やみ夜の空もしらみそめけり
（九州特別大演習にて）

ほとゝぎすおのがまに〳〵なく聲を　こころ〳〵に人はきくなり
（女子学習院卒業生有志の集りの「希典会」にて）

それぞれに工夫をこらしており、井上通泰の指導があったにせよ、趣きのある歌である。那須野の別荘で作ったと『将軍乃木』に見える次の俳句も面白い。

ある人が、別荘内に草が深いので刈られたらどうですかというと、乃木は、

夏草は古つはものの昼寝床

という即興の句を作って、応じた（『将軍乃木』による）。

この句はむろん芭蕉の『奥の細道』にみえる「夏草やつはものどもが夢のあと」をもじったものだが、「つはもの」たちは夏草のなかで昼寝の夢をみたのだから、このままにしておきましょうと答えたのであって、しろうとにしては達者な句である。

長くなったのであとは簡略にするが、絵画に関する趣味も深く、自分でも雅趣に富んだ一筆画をえがいたという。洋画では英国に行った時、巴里のハンプトン宮殿所蔵の絵画を見たいと言って、随行員を困らせ、日本の古画では「雪舟派の淡雅なる」（すなわち水墨画）を愛したと桜井忠温は記している。

このように趣味は多方面にわたるが、中心は文芸であったようだ。桜井は「文芸趣味は、その生涯を通じて常に絢爛と輝いていた」と結んでいる。鴎外と親交があったのはむべなる哉である。

以上が乃木の性格や趣味について『将軍乃木』にみえるところの大要である。拙稿「武者小路実篤と乃木希典」において、乃木が軍人精神一点張りの人ではなく、ゆとりがあり、文学などにも理解があったであろうと述べたのは誤りがないと思われる。それ以上に、進んで

新しいものを求める積極性があったと言ってよかろう。本来の武士道というものは、尚武だけでなく、そうした積極性と歌ごころを解するゆとりを持ったであろう。少々乃木を理想化するようだが、そういう一面も備えていた人物と解したい。

さきに本章の第2節に、彼が武者小路に、軍人は人間の価値を知らないとけなされたとき、逆上せずに「あれは坊主か」と言うだけの余裕があったのも、このことを示している。

4　桜井忠温と「新しき村」

おわりに『将軍乃木』の著者桜井忠温が「新しき村」に関係をもつ人であることを、付け加えておきたい。意外なことに桜井忠温は武者小路実篤の創設した「新しき村」の会員（ただし村外）であったと思われるのである。

「村」の古い会員である永見七郎の編纂した『新しき村五十年』という年表に詳しい註をつけたような書物（財団法人新しき村刊、一九六八年）がある。そのなかの一九三三年（昭和八）の項の末尾に、桜井忠温の筆になるつぎの文章が載っている。そのことはさきに「村」の熱心な会員で、武者小路実篤没後に「村」の二代目理事長を務めた上田慶之助を追悼した拙文「梨と彼岸花―上田慶之助さんを偲ぶ―」（本書第四章に収める）のなかで一部を紹介したことがあるが、改めて『新しき村五十年』から上田が「村」で苦労して栽培し、収穫した梨の部分を中心に、桜井の文章をもうすこし長く引用して掲げる。

　つい先ごろ、村のお茶を貰った。村のお祭りでは梨を貰った。十日ほど前には木彫りの莨（たばこ）セットを貰った。貰いづくめである。

（中略）

　梨は子供の頭ほどある。私はまだこんな大きい梨を見たことがない。村の祭りで、利倉（とくら）君が舞台の上で一つの梨を高くかかげながら「皆さん、これは村で出来た梨です。とてもうまい梨です。一個が十五銭です。たくさんお買いください」といったときは、実をいうと十五銭は安くないなと思ったのである。その日私が貰った何個かの梨が紙包みにして、私の前に置いてあったので、大きいか小さいか、むろんうまいかうまくないかわからない（梨の売り場に行ってみないので）。ところが帰って紙包みをあけてみると、中から転がり出したのが子供の頭ほど大きな梨であったので、私は驚いてしまった。

　私の今住む村の近くに梨畑がある。ここでもぎ取る梨は、一個が七銭から十銭ぐらいである。大きさはボールの気の利いたくらいである。取りに行ってそれである。

　ところが村の梨は、正味からいってどうしても四倍はある。うまいこともすばらしい。

水がタラタラ垂れる。シンが小さい。之で十五銭也（運賃も入れて）は無茶苦茶に安い。
梨園通（りえんつう）の利倉君にしては、梨の口上いささか舞台効果が薄かったようである。（下略）

以上であるが、文中にみえる「利倉君」というのは、「村」の村外会員で、劇評家として著名な利倉幸一氏のこと、新しき村の村外会員であったので東京で催された「村」の祭りに来ていたのである。「梨園」というのは、この場合梨畑ではなく、演劇界のこと。演劇通だから、もっと上手に梨の広告ができそうなものだ、としゃれたのである。

このような気の利いた文章を書いて、雑誌『新しき村』に投稿するのだから、筆者の桜井忠温も「村」の会員にちがいあるまい。「村」の祭りで梨を貰ったほか、いろいろの機会にお茶や煙草入れの箱のセットなどを貰っているのは、村外会員としての会費の他に、相当の額を寄付して村の経済を助けていたからであろう。

かつて日露戦争の時には乃木の率いる第三軍の一員となり、乃木の司令のもとに戦って瀕死の重傷を受け、後乃木と親しくなって乃木のことを記した『将軍乃木』を著した桜井が、学習院院長時代の乃木を睨みつけた武者小路の始めた「新しき村」の会員となったのは、不思議な縁である。

ここに引いた桜井の文が『新しき村』に載った昭和九年一月は、満州事変がその三年前に起り、二年前には五・一五事件が起ったが、日中戦争が起るのは三年あとで、日本はまだ平和であった。桜井忠温のような、反戦・平和の「新しき村」を支持する軍人が、まだいたのである。

〔追記〕佐々木英昭著『乃木希典』（ミネルヴァ書房、二〇〇五年）には「主要参考文献」として多数の文献名をあげている。前記した『乃木希典全集』のことも、この書物による。ただし、『乃木希典全集』（国書刊行会、一九九四年）とあるだけで、巻数は書いてない。一冊本であったかと思われる。

II　武者小路実篤研究の問題点

一　『人間万歳』について

私の父は、「はしがき」に書いたように、私が大正八年に生れる以前から武者小路実篤の作品を愛読していたので、小さい時から私はその名を耳にしていた。また武者小路は私の生れる大正八年の前の年に九州の日向に「新しき村」を創立したため、東京と新しき村をたびたび往復するようになり、その途中、神戸にあった私の家に一泊することが多く、武者小路の姿も小さい時からよく見かけていた。そんな関係から、中学の一、二年のころ、大人の小説も時々は読むようになった時に、家にあった武者小路全集（昭和三年刊の芸術社版か）をひらいてみることがあった。そして『人間万歳』を、その題名に引かれて読んだ。これが私の読んだ最初の武者小路の作品である。もっとも、最後まで読み通すだけの力はまだなかった。

初めて読んだ武者小路の作品であったため、これが武者小路の若い時の作品であるように思っていたが、今度たしかめてみると、武者小路が新しき村創立の四年後の大正十一年、彼が三七歳のときに書いた作品で、それ以前に『わしも知らない』『その妹』『ある青年の夢』『友情』などの力作を発表しており、初期どころか、円熟期にさしかかった時の作というべきであろう。

さて、もとへ戻って『人間万歳』であるが、それは小説ではなく、「狂言」と名づけられた対話劇である。全篇ほとんど神様とそれに仕える天使との対話で、天使は男女さまざまあり、隣りの宇宙の神様や天使も登場する。

「人間萬歳」の石碑の前で（1978年、日向の村にて）

最初に出てくる天使は、こちらの宇宙の神様に仕え、地球を担当する天使である。彼は地球が冷えてきたから、生物を放しても大丈夫ですと報告し、神様からたくさんの生物のいる耳かき一すくいの水をもらって、地球におとしてやる。神様は、その水には俺の脳味噌の垢のかけらがはいっているから、それが面白いものになるだろう、と言う。

そして神様が多くの天使とともに遊び、おどり、若い女の天使と寝たりしているうちに、地球には人間が生れる。天使の一人は、こんなに力のないのに偉がり、馬鹿であって可愛く、また憎らしい生物は、宇宙には少ないという。人間はよくなると思っていたら悪くなり、神を讃美していた人間が、神の名で他の人を迫害する。もう人間は駄目です、と言って泣く天使があり、しかし、人間のうちには本当に神を愛することによって、深いよろこびを感じ、人間には無限の心の深さが与えられていることを知るだろう、泣くのはよせ、となぐさめる天使もいる。

そのうちに、神様の支配する宇宙の隣りの宇宙の神様の使いの天使が尋ねて来て、私の方の神様が挨拶に行きたいと言っています、と伝えた。こちらの宇宙の神様は、もちろん来て下さればうれしいと返事をし、隣りの宇宙の天使は喜んで帰っていった。

ところが、隣りの宇宙の神様がくるまえに、覆面した神がことわりなくやってくる。居眠りしていた神様は「よく来たね」とむかえて、「誰か（いないか）」と天使を呼ぶと、覆面の神は、「だれも呼ばなくてよい。僕はお前の力を知りにきたのだ、どちらが宇宙を支配するのに必要かを知りたくて来たのだ」という。神様は、強いものが弱いものに勝つのは地獄でのことだ。ここで力をもつのは、愛だ、生命だ、心のよろこびだ、と答える。

覆面の神は、「だが強大な力の持ちぬしが出てきたらどうする。女の天使たちはどう思うか」と言って、神様の腕を握る。神様はその絶大な力に驚くが、痛さに耐えて、腕力は天界では流行しない、野蛮なことは嫌われる、と答える。覆面の神は、それでは女の天使に聞いてみようと言って、女の天使に、俺のこの腕を見よ、俺は俺を尊敬しない者には罰を与えるが、こちらの神は、自分を尊敬しないものも罰しないと言っている、お前たちは、どちらを神として恐れるか、と問いかける。

しかし女の天使は、私は私の神様を愛します、あなたを軽蔑し憎みますと答える。覆面の神は怒って杖で女の天使を打つが、こちらの神様は、そんなことはよせ、打つなら私を打てと言う。覆面の神は神様を打つが、杖は十まで打ったところで折れ、覆面の神は逃げだす。

椅子によって居眠りをしていた神様は目をさます。天使の一人が、隣りの宇宙の神様がやってくるのが見えると報告し、それを聞いた女の天使たちは、隣りの神様はどんな方だろうと問い、また、こちらの宇宙と、隣りの神様の支配する宇宙と、どちらが大きいかを論じあう。

やがて隣りの神様が姿を現し、こちらの神様（以下、神様という）と挨拶する。神様はどんな方かと心配していたが、会ってみると不安は消え、ずっと昔からの知己を得た気がするといい、隣りの神様は、同じように、私も古い知己にあった思いがする、皆さんに会って実にうれしいという。神様は、こんなよい隣りを持つことに感謝すると応じ、隣りの神様は、僕たちは兄弟だ、やはり「同じ神の子」だという。こちらの神様は、われわれは今まで、お互いの存在さえ知らなかったが、これからはお互いに助け合うことができると喜ぶ。

天使の一人が、こちらの宇宙には、このような生物がいますと言って、人間を形どった人形をみせる。隣りの神様はそれを見て、私の方にもいたことがあるが、今は滅亡したと答えた。天使がおどろいて、それをあなたは助けなかったのか、と言うと、隣りの神様は、彼らは死ぬ一万年ぐらい前に立派な人間になりました、彼らは宇宙と神を讃美し、自分の生命の再生を讃美して、彼らの星とともに滅亡した、実に見上げるような死をとげました、と答えた。天使は、そんなにりっぱになりましたか、それで安心しましたと言った。

神様は、それは本当に面白い話ですね。ひとつ、余興に皆で人間万歳を、となえてやりましょう、あなたと二人で音頭（おんど）をとってやりましょう、と言って、隣りの神様といっしょに「人間万歳、万歳、万歳」ととなえ、皆もいっしょに「万歳、万歳、万歳」と三唱した。神様は「賑やかな音楽をやれ、皆おどれ、おどれ、元気におどれ」と言って、皆でおどった。

これで戯曲「人間万歳」は終る。私は、隣りの宇宙のことだが、人間が亡ぶということは、やはり悲しく、さびしい思いがするが、戯曲全体はいかにも武者小路らしい、肯定的・楽天的な人生観・世界観の佳作といってよかろう。

小学館版全集では第六巻に収めているが、最初は雑誌『中央公論』に発表された。小学館版全集の第六巻の解説（武者小路辰子筆）によれば、一九九五年出版の新潮社版全集の第十六巻の戯曲集の後書きに、武者小路は、

「人間万歳」は日向の山の奥の新しき村で書いたもので、「自分では好きなものの一つ。」と書いている。自信作の一つである。

武者小路辰子は、この作品を書いた直後の実篤自身の感想である『白樺』一九九二年九月号の「六号雑記」に、

今度の中央公論にかいた百枚あまりの狂言は、少し自信がある。（中略）しかし何しろ僅かの日数でかき上げたのだからコンポヂションや、観念が正格とはゆかなかった。勢ひに任せて流れるまゝに流れた。

とことわった上で、

寓意や、理屈をあの内からさがし出さうとするものは失望するだらう。もっと子供のやうな気持で見たらよろこんでもらへると思ってゐる。

とあるのを引いて、「寓意や理屈をさがし出してみる必要を、むしろ作者自身がみとめていない。それだけにこの作品に解き放った精神があるように見えるのだ、子供のように面白がることこそ、作者と共鳴しあうことだろう」と論じている。

それはそうかもしれないが、私は、この作品が発表された大正十一年の四年まえ、実篤が同志とともに「新しき村」を建設した大正七年の翌年の大正八年七月に、中華民国の文学者・作家の周作人が「新しき村」を訪れたことや、大正五年に実篤の発表した戯曲『ある青年の夢』を、周作人の兄の魯迅が中国語に翻訳して、大正十年にあたる一九二一年に出版したことを思わないわけにはいかない。

武者小路の「新しき村」は日本の政府からは歓迎されなかった。その「新しき村」を隣国の周作人が訪問し、祝福してくれた。その「新しき村」で、武者小路は『人間万歳』を構想・執筆したのである。『人間万歳』では、隣りの宇宙の神様がやってきて、こちらの宇宙の神様と互いに昔からの知己に会った思いがすると言って喜びあう。私は周作人と武者小路の交わりを思わざるをえない。

では隣りの宇宙の神様が来る前に、こちらの神様の夢にあらわれる覆面の神は何者か。強い力を持ち、力ではこちらの神様がとてもかなわない神というのは、警察または国家権力の比喩ではないか。絶大な力を持ちながら、警察や国家権力は人に知られないように行動する。

覆面の神は警察または国家権力にちがいないと、私には思われる。それが夢のなかに現われ、どこから来たかともわからないというのは、警察や国家権力であることをボカすための武者小路の苦心であろう。

このようにみてくると、武者小路が、「寓意や、理屈をあの内からさがし出そうとする者は失望するだろう、云々」と言っているのも、そのままには受け取れない。武者小路が『人間万歳』を書いた大正時代は、思想の自由や、労働者・農民の力が伸びた大正デモクラシーの時代であるが、それに対抗して、国家がそうした自由や力を圧迫する力も大きくなった。国会議員の選挙権を民衆の多くに拡大する普通選挙法案が大正十四年に修正可決されて、翌十五年に実施されるが、それに対抗して治安維持法案が大正十四年に修正強化され、翌十五年に実施される。

そうした空気のなかで、武者小路は『人間万歳』を守るために、前記の『白樺』一九二二年（大正十一）九月号の「六号雑記」の文章を書いたことは、十分に考えてよいだろう。

呑気にみえて武者小路は、武者小路なりに苦心していると私は考えたい。

二　武者小路実篤の周作人あて書簡について

I

現在、日本で知られている周作人あての武者小路実篤の書簡は、二通ある。

一通は『武者小路実篤全集』第十八巻に集められた武者小路の「書簡」のなかに見えるもので、「昭和16（一九四一）年3月×日　周作人への手紙（転載）」という見出しがついている。何からの転載であるかは、説明されていない。つぎにその全文を掲げる。

今日読売からたのまれてあなたに手紙をかきます。あなたの気持を僕は十分尊敬したいと思つてゐるのです。しかしあなた宛だから書いてみたくも思つたのです。

あなたからはまだもの書く気になれないやうな御手紙を戴いたことがあります。しかしそれから二年はたつたと思ひます。もうそろそろ何かお書きになりたいことがありはしないかと思ひます。あなたは政治家ではない。詩人であり文士であり学者であると思ひます。ですから今でも研究して見たいと思はれることは少なくないやうに思ひます。

あなたは殆ど外出なさらないやうにあなたの友人からもお聞きしました。それならなほ読書なぞする時がおありと思ひます。何か私達の知らない、面白い人物の研究でもされてこつ〳〵仕事をなされたらどうかと思ひます。人間は二度とこの世に生れて来ないのですから、あなたのやうな才能があり、感情があり、理解のある、心をもつた人は何かとこの世に残しておく義務があるやうに思ひます。

あなたは陶淵明がお好きでしたが、支那のある時代の研究なぞも面白いのではないかと思ひます。人間の心はどんな動乱のなかでも貴く生かさうと思へば生かせるものだといふことを示して戴けたらと思ひます。

何か書いて見たいものはおありではありませんか。本当にかきたいものはいろ〳〵の意味でかけないやうに思つてゐられるのかと思ひますが、人間の精神は大きいのですから、その間にはいくらでも今の時代だからなほかきたいと思ふもので、何のこだはりなくかけるものがあるやうに思ひます。研究の材料なぞも手に入れる方法はいくらでもあると思ひます。老子や荘子なぞも面白い材料だと思ひますが、もつと私のしらない人で面白い人がゐるのではないかと思ひます。画家のことなども知りたいのです。金冬心の詩の訳を二、三見て却々面白く思ひました。あなたは金冬心はお好きではありませんか。私は金冬心のことをまるで知らないので、知りたく思つてゐます。黄大癡のこともこの頃知りたく思つてゐますし、石渓のことも少しも知らないので知りたく思ひます。あなたは画人伝なぞかくことに興味はありませんか。材料も却々手に入りにくいかと思ひますが、僕は非常に知りたく思つてゐます。

君は御健康のやうで嬉しく思ひます。一つ君でなければかけない立派な詩の研究、現代の人々を慰め、後代の人を喜ばすやうな仕事をして、僕も喜ばして下さい。

僕は少しあわたゞしい生活をしてゐますが、しかし死ぬまでには何かいゝ仕事をしてゆきたいと思つてをります。君の御仕事を待つてゐる一人です。（昭和十六年三月）

この手紙に応じて周作人は作品を書いたとは思えない。またこの手紙をめぐって問題が生じたと考えられない。問題になるのは、周あてのもう一通の手紙である。それをつぎに掲げる。

それは、木山英雄著『周作人「対日協力」の顛末』に収める「北京苦住庵記」の第十章「文献一束」の中に、「周作人宛書簡」としてまとめたもののうちの一通である。前記の『周作人「対日協力」の顛末』は、旧版『北京苦住庵記』に「後日編」として、「周作人に関する新史料問題」以下五篇の論考と、附録として文潔若著「晩年の周作人」を付加し、さらに「新版あとがき・年表・人名索引」を追加したものである。同書の二七四ページ以下にみえる武者小路の手紙をつぎに記す。

周作人宛書簡　　武者小路実篤

周作人兄（原稿紙に手紙をかくのをお許し下さい。矢張り僕には原稿紙の方が、自分の思つてゐる事を書くのに、一番なれておりますから。）

今日は他の人に頼まれて手紙を書きます。君の事だと僕の事が一番先に日本人の頭に浮ぶらしく、その為に厄介な事をたのまれるのを、僕は反つて光栄にも思ひ、自慢にも思つてゐるのです。

しかしたのまれて書くのですが、僕自身も進んで書く気になつて書くので、いやいや書くのではありません。

君は余計な事に口を出すなと思はれるかと思ひますが、ごく御気楽にお読み下さい。

君の御気持は僕には他の人よりは、わかつてゐるつもりで、御同感な所も多いのです。然し僕にわかつてゐるのはごく一部分かとも思ひます。今度の片岡鉄兵氏の失言、少くも言はでもいゝことを言つただけが、元(ママ)（原）因ではなく、今迄のいろいろの事が、つみ積(ママ)なつてさすがの君も遂に黙つてゐられず。今迄にたまつてゐた事を一度に吐き出され、一方さつぱりされたらうと思ひます。もう言ひたいことは十分言ひ、その効果も予期以上にあらはれ、皆も今更に君の存在の大きさを知つたのですから、君の腹の虫もいく分おさまつた事と思ひ、僕も一方痛快に思ひました。言ひたいことは思ふ存分言つてしまふ方がさつぱりする事は僕も知つてゐます。君も僕も外柔内剛の傾向があると思ひます。世間の人が君や僕を甘く見すぎることはよくあると思ひます。ですから時々は自分の真価を知らす事もいゝと思ひます。さう言ふ意味で、僕は今度のことはよかつたと思つてゐるのです。

片岡氏のことだけでしたら僕は問題にされる程の事ではないと思つてゐます。日本の文学報国会は面々が勝手に、言ひたい事を言ふ処で、僕なぞもその点でまだ席を置いてゐるので、皆が同じ意見を持たなければならないのでしたら、僕はとつくに退会してゐます。

ですから片岡氏の発言は彼氏一人の発言で、それもあまり根拠のない発言で、僕なぞは記臆(ママ)にも残つてゐませんし、問題にもならなかつたと思つてゐます。たゞ漫然と無責任に賛成した人があつたにしても、君の事を考へた人は十人に一人もないと思ひます。しかし国外に居る君が、それを問題にされたのは尤なことで、今更に日本人同志の呑気さに恐縮し恥かしく思ふわけです。しかも彼の意見は彼だけ、或はごく一小部分の意見だと思つて戴きたく、それも場あたり的なものだ位に考へて戴く方が真相だと僕には思はれます。

その他に就て君の神経を無視した人もあるかと思ひますが、それもごく個人的な行動で、僕としては見逃がして戴きたい、僕なぞはもつとひどい事を言はれております。しかし笑つてすまされない、私達日本人にはわからない事が、万一ありましたら、この際はつきり日本側に反省してもらいたい(ママ)と思ふ事を言はれ、その上で日本側が反省しなかつたら、やむを得ないと思ひますが、僕としては中国の文士と日本の文士とは仲よく出来るだけしてゆきたいと思つてゐます。君もその点では僕と同感と思ひます。

陶淵明が御好きな事を二十何年前、日向国の山の中で伺つた事があります〔一九一九年、日向の「「新しき村」を訪問〕。君がうるさい事はいやで引こみたい御気持もわかりますが、今君に引こまれると、君を信頼してゐる人々は随分困るだらうと思ひます。註文は出すだけ御出しになつて、皆が困らないやうに基礎工事だけはしておいて戴きたく思ひます。

今度の事で君の中国や日本における位置がはつ切りしました。それが僕達日本の文士には一寸想像が出来ない程、重大な地位である事を知つて、友人として僕も鼻が高いやうな気がした事は事実です。しかしそれだけ君もいろいろ厄介な事を持ち込まれる事と御同情しますが、僕としては矢張り君でないと出来ない事ですから、一肌ぬいで戴きたいと思ひます。今後、御不満な点がありまして日本の文士達の反省の実が上りませんでしたら、その時は僕もおとめしません。しかし今度は事実君の勝利になつたのですから、君もさつぱりされて、中国の若い作家の為にも、中国と日本の文化の為にも積極的に働いて下さると嬉しく思ひます。君に今引こまれると困る人は存外多いのではないかと思ひます。

一二の人の心ない言行が、善良な人々の迷惑になる事はありはしないかと思ひます。日本人として、僕に責任はないかも知れませんが、君に不快を与へたことをお詫びしたい気がします。

おついでの時銭稲孫さんにどうぞよろしく。つまらぬ事を長々と書き、君に不快を与へたかと思ひますが、長き友情を思ひ出し、僕の意のある処をお察し下さい。

君の三十余年の友情を感謝して

武者小路実篤

（しみる原稿紙で読みづらいことをお許し下さい。）

2

この周作人あての武者小路の書簡の書かれた年月は、書簡には見えないが、『周作人「対日協力」の顛末』の「文献一束」の章に、武者小路のつぎに収められている周作人あての長与善郎の書簡に、自分（長与をさす―直木補）の書く手紙にみえる「昨夏大東亜文学者大会席上での某々の粗忽な失言」のことは「今年の春頃一寸耳にした事」があるが、「それに就ては武者小路が既に手紙を（周作人に―直木補）差上げた由昨日聞き」と記している。長与の書簡には七月二十四日の日付が文の末尾に見えるので、武者小路の周あて書簡は、七月二十三日の前日または数日以前に周に送られたものであることがわかる。

筆者は、片岡鉄兵が、周作人をさすことが判りきっている「反動的老作家」を、「重慶政権が存在しているといふ如き中国の特殊事情にもとづいて存在する一つの特殊な敵」であり、「全東亜にとって破壊しなければならぬ妥協的な偶像」として、これに対する「仮借なき闘争」を要求することを求めた発言（木山英雄著前掲書の二三二ページ以下参照）が、一九四三年（昭和一八）八月の二五・二六・二七の三日間に催された大東亜文学者会議第二回大会で行なわれたので、その発言に始まる周作人と片岡鉄兵の論争をおさめるために書かれた武者小路の書簡の日付が、なぜ翌四四年の七月であるのか不審であるが、問題の論争（周の反論）は四四年二月にはじまり、それが長びいたためである。上記の『周作人「対日協力」の顛末』を読めばだれでもわかるように、二月にはじまる片岡との論争に加えて、北京を中心とする中国の文学者の内部の対立が四四年に表面化し、紛争が拡大したことによる。

すなわち周作人の弟子であった沈啓无（ちんけいむ）が、一九四四年二月に刊行された『文筆』という書物に、匿名を使って周作人が大東亜文学者会議の第一回に引きつづき第二回にも欠席したことを挙げ、日中の文化交流、大東亜文化の確立に非協力的であると批判・罵倒した。

周もいつまでもだまってはおらず、まず沈啓无を破門することを声明し、さらに二月二十日付の書留便で、片岡鉄兵に自分に対する攻撃の釈明の要求を提起し、さらに関連する短文を上海の汪兆銘派の新聞『中華日報』につぎつぎと載せ、そのなかで日本文学報国会への詰問状にコメントを附して公開した。

片岡の釈明状は四月末日に送られてきたが、しかしそれで周作人がすべて了解したわけではなく、紛争はなおつづいた。そのため日本の文学報国会側は、武者小路実篤と長与善郎の二人に、片岡との対立を解消することを周作人に依頼する手紙を書くことを頼んだ。こうして書かれたのが、ここに掲げる武者小路と長与との手紙である。上記のゴタゴタのために、手紙は四四年七月になって書かれたのである。

3

周作人への武者小路の手紙でもう一つ問題になると思うのは、この手紙が、米・英等に対する日本の戦争に消極的な周と、その戦争を支持する日本文学報国会の有力な役員で作家の片岡鉄兵との論争を調停・仲裁する目的で書かれたものとする解釈である。とくに武者小路の書簡は、日本が米・英をも相手とする太平洋戦争の初期の一九四二年五月に『大東亜戦争私観』を書き、この戦争に積極的であった武者小路が、戦争末期には消極的になり、戦争を継続しようとする日本の国策に「一定の距離を持っている様子読みとれる」とする説で、その解釈がほとんど定説のようにみなされている。

この説は、二〇一〇年（平成二二）一月四日の「朝日新聞」に「実篤、冷めた戦争熱」「大戦末期、魯迅の弟への手紙発見」という大きな見出しで報道され、武者小路に関心を持つものに、大きな影響を与えた（註、魯迅の弟が周作人）。（上記の朝日新聞の記事は、この章の文末に「資料」として掲載する）

武者小路の手紙は、さきに記したように一九四四年に記されたのに、その手紙の発見が二〇一〇年一月になったのは、武者小路の手紙を収めた周作人著『周作人「対日協力」の顛末』の日本における公刊が二〇〇四年七月になった上に、岩波書店刊『周作人「対日協力」の顛末』の「新版あとがき」に、「旧著は筑摩書房で単行本になった（中略）が、刊行後間もなく筑摩が倒産し」たとあり、そのために岩波書店より改めて刊行されるまで、一般の人びとの手に、はいりにくかったためではないか、と思われる。

しかしそれはともかくとして、この武者小路の手紙によって、武者小路が、日本の国策すなわち米・英等と戦うことに一定の距離を持っていたことがわかる、という判断はどうであろうか。

上述したように、戦争中に武者小路の書いた手紙の内容が公けにされた経過はわかったが、その手紙が、「周と、戦争支持派の作家片岡鉄兵との論争を仲裁する目的で書かれた」とする「朝日新聞」二〇一〇年一月四日の記事はどうであろうか。上記した周作人あての武者小路の手紙を読めば明らかなように、周に対しては、「皆も今度は君の大きさを知った」と敬意を払い、片岡の発言に対しては、「根拠のない発言」「場あたり的なものだ」と、まったく否定的である。手紙の終りの方で、「今度は事実上君の勝利なった」とも言っている。

これでは武者小路の手紙は、周と片岡の論争を仲裁して仲なおりさせるには、まったく役に立たない。それはもちろん、武者小路にも十分わかっていることで、彼が二人の論争の仲裁をして、仲なおりさせるために、この手紙を書いたのでないことは明白である。

おそらく片岡がその一員であった日本文学報国会の幹部は、片岡と周との論争の経過をみて、二人を仲なおりさせることはできないと判断し、周作人の日本に対する好意を維持するために片岡を切って周を立てるほかはないと判断して、そういう趣旨で周に手紙を書くことを武者小路に依頼し、武者小路はそれを承知して、周に敬意を払って片岡を否定する手紙を書いたのであろう。日本文学報国会のためと思って周に抗議した片岡にとっては思いがけないことであるが、日本人の気のつかないほど、中国における周の地位は大きいのであろう。

ところで、武者小路が周作人へ書簡を書いたことについては、米・英等に対する日本の戦争に協力することに消極的な周作人と、その戦争を支持する日本文学報国会の有力な役員の作家・片岡鉄兵との論争を調停・仲裁する目的で書かれたとする考えが、有力である。

　なぜそういう説が有力になったかといえば、この武者小路の手紙の存在することを、はじめて日本の人びとに報道したのは、朝日新聞の二〇一〇年（平成二二）一月四日号の記事であるが、その記事には、

> 手紙は、魯迅の弟で文学者の周作人（生没年省略）にあてたもの。周と、戦争支持派の作家片岡鉄兵との論争を仲裁する目的で書かれた。論争のきっかけは、四三年八月に開かれた国策に協力する文学者の会議。知日派とされる周は参加せず、そんな周を片岡は国策に非協力的だと非難していた。

とある。

　片岡鉄兵と周作人の論争の仲裁に、この両者と親しい武者小路が頼まれて、仲裁に当ったというのはわかりやすい意見で、それが有力新聞に出たのであるから、その考えが一般化するのは当然である。

　また、日本が米・英をも相手とする太平洋戦争の初期、一九四二年五月に、武者小路は『大東亜戦争私観』を書き、戦争に積極的であったことも、日本の立場を支持するかどうかで周と論争している片岡を助けに動くこともありそうなことに思われる。

　しかし周にあてた武者小路の書簡にみえるところでは、さきに記したように武者小路は両

者のあいだを調停・仲裁したとは思われない。武者小路は周に対しては、「皆も今度は君の大きさを知った」と敬意を払い、片岡の発言に対しては、「根拠のない発言」「場あたり的なものだ」と、まったく否定的である。そのうえ、書簡の終りの方では、「今度は事実上君の勝利になった」とも言っている。

これでは武者小路の手紙は、周と片岡の論争を調停・仲裁して、仲なおりさせるにはまったく役に立たない。それはもちろん、武者小路にもよくわかっており、彼が二人の調停・仲裁のために、この手紙を書いたのではないことは明白と言わねばならない。

日本文学報国会も、おそらく二人の論争について、周を支持するという方向でおさめようと考え、その方向で周に手紙を書くことを武者小路に依頼したのであろう。

なおここに至るまでの片岡の経歴を見ると、彼は武者小路より九歳年下の一八九四年（明治二七）生れで、若い時は横光利一とならぶ新感覚派の作家として活躍したが、昭和の初年には社会主義者に転じ、無産政党の労農党に入党し、全日本無産者芸術連盟（ナップ）の一員となり、一九三二年（昭和七）、関西共産党事件で検挙され、翌年懲役二年の判決を受けて下獄、一九三三年転向を声明して出獄、その後、「花嫁学校」「朱と緑」など大衆小説を多く書き、晩年は戦争に協力して日本文学報国会の役員となり、彼なりに種々努めるが、周との事件の起った翌年の一九四四年に病死した。

時代の波に浮沈し、華やかだが不幸な一生とも言えるが、時代の波に流されて戦争を支持した一時期はあっても、個人主義・人道主義を忘れなかった武者小路から見れば、尊敬しにくい作家といえよう。武者小路が周作人に書いた手紙にも、それが出ているように思われる。

資料　『朝日新聞』の記事

朝日新聞の二〇一〇年（平成二二）一月四日号に左記の記事が掲載された。

小説「友情」などで知られる作家の武者小路実篤（生没年省略）が、中国人作家の魯迅の弟にあてた手紙の実物がみつかった。44年ごろのもので、第2次世界大戦中は戦争に協力的だったとされる実篤が、戦争末期には国策追従の文学者から一定の距離を持っていた様子が読み取れる。

として、「実篤、冷めた戦争熱」「大戦末期、魯迅の弟への手紙、発見」という大きな見出しをつけ、朝日新聞社の高津祐典・都築和人の名で、以下の記事が掲げられた。

手紙は、魯迅の弟で文学者の周作人（生没年省略）にあてたもの。周と戦争支持派の作家片岡鉄兵との論争を仲裁する目的で書かれた。論争のきっかけは、43年8月に開かれた国策に協力する文学者の会議。知日派とされる周は参加せず、そんな周を片岡は国策に非協力的だと非難していた。

手紙はペン書きで、原稿用紙5枚にしたためられている。封筒には筆で「周作人兄武者小路実篤」と記されている。実篤は開戦時、戦争を賛美する文章を発表するなど、戦争に協力する姿勢を示していた。だが「皆も今更に君の存在の大きさを知った」と周に敬意を払い、国策協力一辺倒の片岡の発言には、「根拠のない発言」「場あたり的なものだ」と否定的。会議を開いた日本文学報国会についても「皆が同じ意見を持たなければならないのでしたら、僕はとっくに退会しています」と書き、戦争協力を強いられた時代に、周に共感して本音を漏らしている。最後に「君の三十余年の友情を感謝して」と添えている。

手紙は香港在住の作家鮑耀明（パオヤオミン）さん（89）が周から61年に譲り受け、最近まで行方が分からなかったが、自宅で見つかった。70年代前半に鮑さんから写しをもらっていた中国文学者の木山英雄・一橋大名誉教授は78年に著作で紹介、04年の改訂版「周作人『対日協力』の顛末」にも掲載された。ただ実篤の戦争に対する姿勢までは詳しく言及されていない。87年から刊行された「武者小路実篤全集」（小学館）にも収録されておらず、広く知られないままになっていた。

この全集の編集に加わった大津山国夫・千葉大名誉教授は「大戦末期になるにつれ、冷静に戦争を見つめていた様子がうかがえる。実篤の研究者の間でも知られていなかった貴重な資料。これからの分析が待たれる」と話している。（以上新聞の記事であるが、有益な情報を含んでいるので、掲載する。

III　武者小路実篤の思い出

一　武者小路先生の訪欧歓送会　―友田恭助と神戸支部の歌と―

武者小路先生は一九三六年（昭和一一）四月二十七日、白山丸で横浜を出港してヨーロッパの旅にでかけられた。白山丸は横浜出港ののち、改めて神戸港を五月二日に出て、ヨーロッパにむかうのであるが、その前に名古屋に寄港する。先生は名古屋で下船して、陸路奈良に行って、奈良市高畑の志賀直哉邸で二泊して神戸に行き、白山丸の来るのを待って、この船に乗り直し、五月二日に神戸を出る。奈良では、私の父方の叔父で「村」の村外会員でもあった画家の浜田葆光から、ネクタイの結びかたを教わったと先生のヨーロッパ旅行記『湖畔の画商』にあったと記憶する。

しかしこれは余談で、私が書いておきたいのは横浜出発に際しての歓送会のことである。その会に当時一七歳であった私が出席しているのである。この年の三月、私は神戸市の中学を卒業したが上級学校の入学試験に失敗して東京の予備校に在学中で、中野に下宿していた。旧制一高に在学していた兄の由太郎に誘われて、二人で出席した。『全集』の年譜には四月十五日に「歓送会が日比谷公園まえの三信ビルで開催された」とあるが、これも私の記憶では私の出席した会場は浜松町の方の洋食堂のような所であった。恐らく十五日の会は作家・評論家・出版社などによる盛大な歓送会で、私の行ったのは別の日に催された「村」関係者の会であったのだろう。会場は割合貧弱で、高名な文学者の出席は一人もなかったと思う。中学を出たばかりで、東京の文壇の様子には全く知識がない少年の記憶だから、あんまり当てにはならないが、年譜に記録されている会とは別の会であろう。

会の出席者ではっきり憶えているのは、新劇築地小劇場の名優友田恭助氏である。「村」の関係者のあいだでは、先生の戯曲『愛慾』の主人公英次役の名演技でとくに有名であった。もっともわたくしは一九二六年（大正一五）に上演された芝居はもちろん見ておらず、友田が英次を演じたことも、その時兄から始めて教えられたのだが、恭助の名ぐらいは知っており、『愛慾』も読んでいたから、東京へ来ればこういう人にも会えるのだな、と浪人の身分を忘れて感嘆した。恭助は請われて余興として、英次のみぶりをし、台詞（せりふ）を一こと二ことしゃべったように思うが、確かではない。

『愛慾』で恭助の相手役、劇中では英次の妻千代子を演じた山本安英も名演技であったといわれる。その山本さんは当夜は出席していなかったが、友田の名演技について書いた山本さんの文（『文芸』臨時増刊「武者小路実篤読本」一二巻一二号、一九五五年）があるので、つぎに書き写しておく。

あの時せむしの天才画家、私の夫をやったのは亡くなられた友田恭助さんでしたが、この時の演技はすばらしいものでした。今でも覚えていますが、夫の留守中兄の信一と明日の朝出奔する約束をして、信一を送り出し、私が帰ってくる、誰もいないつもりで、うす暗くなった家に上って、そのままぴったり座ってしまうとすぐ目の前に足があるのです。つううと見上げると、大きな支那鞄に腰かけて友田さんの英次がくいいるように私をにらんでいる。その時の恐ろしかったこと。舞台の上であんなにこわかったことはありませんでした。

右の文中に「亡くなられた友田恭助さん」とあるように、友田は武者小路先生の歓送会のあった年の翌年七月に起こった日中戦争（当時は「日支事変」と呼ばれた）に召集され、同年（一九三七年）十月、上海で戦死した。

さて会のことだが、出席者は三、四〇人程度であったろうか、一人づつ立って、よい画や芝居を見て来て下さい、お元気で、というようなことを一言づつ言ったと思う。私たちの番が来て、司会者は神戸の直木さんの御子息ですと紹介してくれた。兄と私とは神戸支部で作った「新しき村の歌」を合唱した。それは私の家で行なわれた支部の例会のたびに参加者に歌われるので、私たちも憶えてしまったのである。つぎに歌詞を紹介させていただく。

一、光はあふる地に大空に

生命（いのち）あるものの栄うるはし
愛しあふものここに集（つど）ひ
真理（まこと）を讃（たた）ふ　新しき村

繰返　世界の果まで輝けひろがれ
　　　新しき村　万歳　万歳

二、愛の心に凡てを生かす
真実（まこと）あるものの生活（いとなみ）うれし
われら兄妹（はらから）師をめぐりて
喜び進む　新しき村

三、力を協（あは）せ希望（のぞみ）にもえて
正しき業（わざ）にいそしむ我等
世の塩となり光となり
永久（とは）に栄えゆかん
新しき村

作詞は神戸支部合作、作曲は支部会員の鎌尾武男、制作は大正十五年五月三十一日である。

会の最後に先生のお話があったと思うが、残念ながら覚えていない。いまから満六〇年前のことである（この本の出版される二〇一六年からは八〇年前）。

二　雪舟「山水長巻」と先生　―増田荘の一日―

私の大切にしている思い出の一つに、武者小路先生と二人で雪舟の傑作山水長巻の原寸大の精密な複製をひろげてみたことがある。時は昭和十五年、場所は埼玉の新しき村の増田荘（ぞうでん）である。私は東京の旧制高校の三年生であった。学生時代の私は村に関することでは、やはり学生であった兄と行動をともにすることが多かったが、この時は兄は京都大学に入学していたので私一人で村を訪問したのだった。旧知の川島伝吉さんや野井十さんにもお会いしたが、お二人は農作業に出られ、私は先生にみちびかれて増田荘に行ったのである。

先生が雪舟の画を尊重しておられたことはいまさらいうまでもない。それは先生が著書『東西六大画家』（昭和十七年十月）で富岡鉄斎、レムブラント、梁楷、ラファエロ、セザンヌ

となべて雪舟を取りあげておられることでわかるが、「雪舟の馬と鶺鴒」という評論（『私の美術遍歴』所収）のなかで、

雪舟は僕が好きな画家の一人で、日本で一番尊敬している画家の一人と思う。一番尊敬している画家の一人と言う言葉は一寸面白い言葉だが、そう言う文句を言って見たくなるのである。

といっておられる。さらにそれにつづけて、同じ文章のなかで、

ともかく雪舟の画の傑作は山水にあると思っている。

とあり、雪舟の傑作を集めた本を僕は持っていないので、はっきりした事は言えない、と断わった上で、

最大傑作は毛利さんの処にある有名な山水の大巻だと思う。

とも言っておられる。

もちろん先生は山水以外の画も尊重しておられた。たとえば人物画では「慧可断臂図」である。先生は中国宋の大家梁楷の人物画をこの上なく尊重し、彼の「六祖図」や「出山の釈迦」に激賞の言葉を惜しまず、上には上があるといい、それは事実だが、梁楷なぞは「その一番上に位する画家の一人に思われる」とまで言っておられる（「梁楷の人物画」『東西六大画家』所収）が、「雪舟の「慧可断臂図」をみている時は、之が最上のゆき方のやうに思われ、

梁楷のことは忘れてしまふ」と評される(『東西六大画家』)。「断臂図」ほどではないが、「益田兼堯像」については、「しみじみとした味が出、生きている。……実に力のこもったかっちりした味の深いものである」(「雪舟の益田兼堯像」『美術論集』所収)とある。

『東西六大画家』所収の「雪舟に就いて」では、まず右述の人物画について書き、それから「自分は雪舟の画では山水に一番感心しているが、それはとっときにして、その前に自分が好きな動物画に就いて、一言したい」といって、動物画とくに馬の画と兎の画のことを紹介される。ではそのつぎに山水画かと思うとそうではなく、

しかし僕は、彼の山水画を賛美する前に、花鳥画に就いて一言したい。

として、「木芙蓉雙雀図」「鶺鴒図」などがいかに美しいかを述べられる。

矢張り実力のある人間の仕事はちがうと思う。実に自然をよく見、美しくかつちりかけている。そして密度があり、鳥も花も木も不思議に生きている。一目見て雪舟とわかる落ちつきがある。少しも腕のうまさを見せびらかしていない。実に堂々と描写している。

雪舟は実によく自然を見ている。そして実にしつかりした描写力でかいている。

先生の文章を写していると、あとからあとから賛美の言葉がでてくるのに驚く。それだけ雪舟の画がすぐれているのだが、先生も負けていないのである。そしていよいよ山水画となり、その代表が山水長巻である。先生の言葉を引く。

彼はその技巧をもつて実に多くの傑作をつくつた。そして僕達を喜ばしてくれた。その傑作の内でも、一番労作と思えるのは、毛利家にある「山水長巻図」である。幅一尺三寸二分（四〇・〇センチ）、長さ実に五丈二尺三寸四分（一五メートル八六・五センチ）と言う「山水長巻図」である。（中略）こんな力強い、全力的な仕事をした画巻は支那にも一寸ない（「の」脱か）ではないかと思う。それ程、この画巻は力強いものである。（中略）かういう仕事をしたら、画も男子の仕事と言える。日本代表の傑作である。

私は先生と二人、静寂な増田荘の床の上にこの大きな巻物をころがして、図巻をつぎつぎと繰りひろげて行った。正直いって、私はそれまでそんなに雪舟を見ていないし、水墨画の美を理解していたとはいえない。しかし開けゆくに従って展開する山林、渓流、楼閣、湖水、旅行く人、村里の民衆、どこをとっても面白く、見あきがしない。画巻は増田荘のはしの壁まで行っても、まだ開ききらなかったと思う。先生はどうしておられたか憶えていない。私はところどころ場所を変えて座りこみ、陶然として時間をすごした。

先生が山水長巻のことを詳しく書かれた「雪舟について」は、私が増田荘で長巻を見せていただいた翌年の昭和十六年十月号の『婦人公論』に発表された。その文をはじめ、ここに引用した先生の文は現代かな遣いに改めた。山水長巻は現在は毛利報公会の所蔵。

三　牟礼時代の武者小路先生

昭和十三年から十六年まで、私は旧制一高に在学し、駒場にあった学校の寄宿寮にいた。そのころ先生のお宅は三鷹町牟礼にあった。渋谷から駒場を通って吉祥寺まで行く帝都電鉄に乗ると、わりあい便利にお宅にゆける。大先生という気持が強いから、そんなにたびたびお訪ねしたわけではないが、何度かお邪魔をした。

あるときは同じく一高に在学していた兄といっしょに、あるときは寮の同室の友人を誘って、おうかがいした。井の頭公園を抜け、玉川上水に添う道を通っていったように思うが、まだそこここに雑木林のある気持のよい道だった。

先生はいつもめんどうがらずに、無遠慮な高校生のあいてをして下さった。応接室にはいつも先生の新作の絵や、画商や美術商の置いて行った絵があった。軸ものに仕立てられた室町ごろの黒い牛の絵を褒めておられたのを思いだす。

伊豆の大仁温泉にたびたび行っておられたころで、先生の作では富士山のどっしりした写生がよくあった。「こんな絵をおかきになると、あとお疲れでしょう」といったが、先生はそんなことはないというご様子だった。

このころ、東の村（現在の「新しき村」）の建設の話がおこっており、そのことでも先生はご多忙だったが、昭和十四年七月に「愛と死」を日本評論に発表されてから、先生はふたたび旺盛な筆力を示され、昭和十五年に「幸福な家族」を婦人公論に連載、同年六月に欧州旅行記『湖畔の画商』を甲鳥書林より刊行という情況で、内面的にも活気にみちておられた時である。

私はいつも満ちたりた気持ちでお宅を辞去したが、ある晩などは志賀直哉先生が見え、お二人が親しくお話しになる場に同席するという幸運にめぐりあった。

東の村の土地は昭和十四年にきまり、九月十七日に開墾式が行なわれた。私は東京支部の集まりには出席していなかったが、支部が毎月第四日曜日に村を訪ねることにしたことを知って、昭和十五年の初秋のころだったと思うが、その第四日曜に出かけた。道順は忘れたが、やはり池袋から東上線にのり、坂戸駅で越生線に乗換えるコースで行ったのだろう。先生も同じガソリンカーに乗っておられ、駅で車をおりると、村の人が迎えに来ておられた。

村に着くと、四色に染めわけた村の旗が風になびいていた。先生は、だんだんと彫刻などを村の各所に飾りたいと抱負を話されながら、案内して下さった。

印象に残ったのは、増田荘の広間で、雪舟の山水長巻の原寸大複製を見せていただいたことである。大きな巻物をころがしながら延ばしてゆくと、広間のはしからはしへ、いっぱいになった。午後、先生より一足さきに帰途についた。先生は外の用事を兼ねて、駅まで野井さんたちと一緒にきて、見送って下さった。ガソリンカーの窓から姿が見えなくなるまで帽子を振って下さった。

翌年（昭和十六年）三月、私は京都大学にはいるため、東京を引上げることにしたので、そのご挨拶に牟礼に伺った。お暇ごいをして、玄関から門に行こうとしたとき、二階の窓がパッと開き、先生の長女の新子さんが顔を出して、私と一緒におられた先生に「パパ」（であったと思う）と呼びかけられた。そして私をみとめて、「あ、直木さん」と言われた。私もふりあおいで挨拶をかえしたが、しばらくの間に急に美しくなられたなあと思った。一瞬だが、京都へ行くのが惜しいような気がしたのは事実である。

新子さんはその翌年の十月に結婚され、先生は牟礼のお邸で戦争中に、「幸福な家族」につづいて「暁」などの長編小説とともに、『東西六大画家』『美術論集』などをお書きになった。その時期の先生にたびたびお目にかかれたのは、大きなしあわせであった。

四　武者小路先生と竹久夢二

岡山の百貨店天満屋で、生誕百年記念と銘うった「竹久夢二のすべて」という展覧会が一九八三年九月に催された。私はとくべつ夢二のファンではないが、そのころ岡山大学に勤めていたので、授業のかえりに見に行った。すると思いがけなく、夢二にあてた先生の手紙が出品されていた。会場で売っていた図録には、当然ながらこうした書簡の文章までは収録されていない。会場で筆記したものをつぎに掲げる。巻紙に筆で書いてあるので、筆写できた。

先日は御手紙有難たう。

早速御返事をしやうと思ひましたが気がおちつかないので今まで失礼いたしました。どうか洛陽堂に御ついであつた時御いで下さい。少しはちがつた絵も来ておりますから。それから是非版画展らん会に来て下さい。名許り大きいうらみはありますが、御参考になるものが少しはあるだらうと思つております。

「桜咲く国」難(ママ)有たう。益々発展されることを願ひます。白樺も大いに心を入れかへて本気のもの許り出したいと思っております。

よく不在の時がありますが、洛陽堂の近くですから御こりなく来てください。居る時も随分ありますから。

展らん会の切符は洛陽堂から御受けとりになりましたらうね。之から二十日まで又急しくなります。

九日　　　　実篤

夢二様

以上が巻紙に書いた本文で、封筒の表は、「府下大森山王台　竹久夢二様」、裏は「九日麹町区元園町一ノ二八　武者小路実篤」と記されている。消印は、封筒を手に取ってみることができなかったが、十月九日であることは読みとれた。

先生が夢二に非常に親近感を持っていたことが、「来て下さい」と繰りかえし書いている文面から知られる。先生の骨太で力強い文学と、夢二の女性的・抒情的な画とは性質がちがうように思っていた私には、その点がたいへん興味があった。先生は型にはまった画壇を打破る新しい作家として夢二を認めておられたのであろう。しかしそういうためには、この手紙の書かれた年代を確かめる必要がある。

それは、そんなにむずかしいことではない。手紙にみえる版画展覧会は、白樺同人の主催した泰西版画展覧会のことにちがいないからである。この展覧会は、『白樺』二巻一〇号（明治四四年十月）に、「期日　明治四十四年十月十一日より同月二十日まで」と予告が出ている。先生の手紙のおわりのところに、「之から二十日まで又急しくなります」とあるのは、二十日までの期間中、展覧会の世話をしなければならぬことを指しているのである。実際、『白樺』一一号に出ている版画展覧会の報告記事には、

今度展覧会で一番働らいたのは柳と児島と小泉である。皆学校があるので時には学校へ行ったが、学校をすかしたこともよくあった。この三人は勿論無欠席だった。その他志賀と無車は無欠席だった。会場で昼の弁当を一番多くたべたのは無車だった。

とみえる。「無車」は、むろん「武者小路」のことである。そしてその記事を書いたのは、武者小路自身であろう。だからこの手紙は明治四十四年十月九日、展覧会開会の二日前に書かれたものと断定できる。手紙を受け取った夢二は十一日の午前七時四十分に会場に姿をみせた。開会第一の入場者であったと、右の記事にある。

先生この時二六歳、明治十七年生まれの夢二は二七歳であった。

手紙のなかにみえる『桜咲く国』は、もちろん夢二の画集で、明治四十四年十月一日に洛陽堂から出版された（ただし「白風の巻」）。『白樺』も洛陽堂から発行されていたから、『白樺』

には巻末に大きく広告が出ている。この点からも先生は夢二に同志的な親愛感を抱いたのかもしれない。なお洛陽堂は麹町二丁目にあり、元園町の先生の家に近かったのである。

もちろん夢二も先生の文学には敬意を抱いていたにちがいない。明治四十三年ごろ夢二の家に同居していた神近市子の思い出によると、『白樺』は毎号洛陽堂から夢二のもとに届けられ、夢二はそれを読んで市子と文学論を戦わすこともあったという（栗田勇編『竹久夢二』山陽新聞社、一九八三年）。

しかしこの時期以後、どこまで先生は夢二に親近感を持ちつづけていたであろうか。両者の芸術上の歩みは次第に遠ざかっていったように私には思われる。

〔付記〕ここにのせた書簡は、『武者小路実篤全集』第十八巻の「書簡」篇の二二四ページにも載っているが、そこでは書簡の日付を「大正四年十月九日」としている。しかし『全集』第十八巻に見える「年譜」には、先生は大正四年一月には、神奈川県鵠沼海岸に住み、同年九月に豊多摩郡千駄ケ谷（現在は東京都）に転居、翌大正五年一月に東京市小石川区小日向台町に転居したとある。麹町区元園町で書かれたことの確かなこの書簡が、大正四年十月に書かれのでないことは明白である。

五　奈良と武者小路先生

1　鷺池の山口別荘

武者小路実篤先生が奈良にうつってこられたのは、一九二六年（大正一五）一月のことである。先生自筆の年譜（改造社版『日本文学全集』「武者小路実篤集」）にも、「大正十五年一月、奈良にすむ」とある。

しかし実際に奈良にこられたのは、前年の十二月の末であるようだ。というのは、志賀直哉の日記（『全集』第一〇巻）の大正十五年の部のはじめに、

一月元旦
吉例に依り疳癪を起す
一家にて武者を山口別荘に誘ひ二月堂手向山八幡春日神社春日若宮等散歩して九里の家によりテニスをする

とあるからである。奈良公園のなかに鷺池という池がある。浮見堂があって、いまでも閑静

なところだが、奈良の嶋田武之助氏にうかがうと、山口別荘はその南がわにあり、もちぬしは山口銀行の創立者の山口氏ということである。

一月元旦にそこに泊っているのだから、武者小路先生が前年の十二月末に投宿されたことはまちがいない。

志賀日記に「武者を山口別荘に誘ひ」とあるので、べつの所に泊っている先生を誘って山口別荘に行ったようにもとれるが、そうではなくて、先生が山口別荘に泊っておられたことは、つぎにあげる中西清三氏の文章でもわかる。

氏（武者小路）が奈良に来たというので、私がすぐ面会に行った。最初は鷺池の南側のどこかの別荘に住んでいたので、そこを訪れると、一向に風采の上らない朴訥そうな人が現れて、私が武者小路実篤であると言った。（『大和タイムス』一九七四年六月十一日）

その別荘が山口別荘であることは、いうまでもない。中西氏は目下（一九七八年）、『奈良新聞』に歴史小説「万葉物語」を連載しておられるが、このときは二八歳の青年であった。

他人の別荘にいつまでもいるわけにいかないから、やがて先生は新居を奈良市水門町に定められた。志賀日記をみると、一月八日の項に、「家族連れにて水門町の武者訪問」とある。六日か七日ごろに引越されたのであろう。家族は奥様の安子さんと、長女新子さん（四歳）と次女妙子さん（二歳）の三人、先生は四二歳（いずれも数え年）になっておられた。この水門の家が同じ年の十二月に紀州和歌山に引越されるまでの先生の住居となる。

奈良へこられるまで先生は、一九一八年以来八年間、日向の新しき村におられた。自分の理想にしたがって建設した村を出るのだから、いろいろ問題があったにちがいないが、いまはその詮索はしない。前記の先生自筆の年譜には、

（大正十四年）十二月、兄がルーマニア公使となったので、病身の母のそばに段々近づきたく、奈良にすむ決心をする。新しき村は自分がゐないでも安心なので、それに村外会員もふやしたいので。

とある。先生はお母さんが三三歳のときに生れた八番目の子であるが、このとき二才年長の兄の公共氏のほかの兄姉は、みな死亡していた。お母さんも七五歳になっていたわけである。そんならすぐ、東京に住む母のところへ行ったらよさそうなものだが、そうはしなかった事情を、先生は河盛好蔵氏との対談で、つぎのように語っておられる。

河盛　奈良にもしばらくおられましたですね。

武者小路　それは一つの理由があってね。ぼくの母がいつも、あたしァお前の世話になって死ぬって言ってた。お母さんが三十三の時の子供は、お母さんの世話をする、という迷信があるらしい。それでね、ぼくが「村」から出たのは、母が病気になって、兄貴は外国だし、兄貴の子供はちいさいし、といって、「村」を出てすぐ母の所へいくと、

神経を病むだろうと思うから、しばらく奈良に住んで、だんだんして東京へ出てね。ぼくが近所へ住んでる時に、ぼくと女中だけの所で死んだんだ。

（『文藝』臨時増刊・武者小路実篤読本、一九五五年八月）

日向からいっぺんに東京へ帰ると、死に水を取りにきたかとお母さんが気にするから、まず奈良まで出ておこうというのである。

ではなぜ奈良をえらんだか。さきの河盛氏との対談で、「日本はどこがお気に入りですか」という問いにこたえて、

ぼくの先祖がずっと京都にいたもんだから、京都というものがヘンに懐しいけれども、住んだらどうか判らない。大阪とか奈良は、それほどには……。

と言っておられる。京都や大和の古美術に惹かれて奈良に住まわれたのではなさそうである。東京へ行くのに便利というほかに、少年時代からの親友志賀直哉氏がいることが、大きな理由であろう。山口別荘も、おそらくは志賀さんの斡旋だろう（「追記」参照）。実際、志賀日記をみると、先生が水門町に落着いてから、二人はほとんど毎日のように行き来している。

2　美術・文学・新しき村

武者小路先生の自伝『一人の男』（新潮社）にも、「僕はよく志賀の処に出かけた。（中略）大概毎日逢っていた」とある。このころ志賀さんの家は幸町にあった（高畑町にうつるのは、この数年のちである）。水門の武者小路先生のところからは、奈良公園を通って二〇分あまりの道のりである。

散歩道としてこのくらい贅沢な道はなく、美術館のわきを通る事になり、美術館にもよくはいった。

と、書いておられる。「美術館」とあるが、もちろん帝室博物館（現奈良国立博物館）である。それを美術館と書いて平気でいるところが、実感をとうとぶ先生らしくて面白い。

先生がとくに奈良を好んだのでないことはまえにかいたが、志賀さんと毎日のようにまじわり、古美術にしたしんだ奈良の生活は、みのりの多いものであったにちがいない。それまでの新しき村の生活も充実した日々であったろう。『幸福者』『友情』『人間万歳』『或る男』『桃源にて』などの力作がつぎつぎに発表されたことは、それを示している。しかしなんといっても、村では先生は師であり、村の人々（村内会員）は先生をとりまく弟子である。先生が強烈な個性をぶつけあえる対等な相手は、村では求められない。それともう一つ、日向の村にいてはなまのすぐれた芸術に接する機会が少ない。新しき村を作るからには、そんなことは先生には覚悟のまえだろうが、村を出て奈良でくらしてみると、村ではえられない豊かさが先生の心を養ったはずである。

奈良国立博物館の仏像のことはあとでふれるが、それ以外でもたとえばつぎのような思いでを書きとめておられる。

僕が奈良にいた時、京都の美術館で、北野天神画巻が全巻公開された事があったのを見に行ってすっかり驚いたことがある。あのありあまる力の持ち主が、思い切ってかきたいものを自由自在に描いた超長巻画巻、志賀と二人でこの画巻に驚嘆して話しあったことは忘れられない。(『一人の男』)

一年にみたないあわただしい仮り住居であったが、創作はきわめて精力的に生産された。年譜によると、つぎの通りである。

一月「或る犬の品評会」

二月「夢の国」

三月「出鱈目」「ある物語」

六月「孤独の魂」

七月「みない鳥」「須世理姫」

九月「ある画室の主」
十月「生命の王」
十一月「田舎小景」

そのほか、翌年の一月に長編小説『若き人々』を叢文閣から、二月に小説『運命と碁をする男』を岩波書店から出版しておられる。いずれも原稿は奈良で書かれたのであろう。（全集にのった年譜には、一月に『人類の意志に就て』を出版、とあるが、これは昭和十年七月の刊行である。）

このようなさかんな文筆活動のほかに、新しき村の仕事もつづけられた。先生の原稿料や印税の大半が村の会計をささえる重要な財源であったが、そのほかに新しき村の奈良支部をつくるのをてはじめに、大阪・京都・神戸などへも出かけて講演などをしておられる。『新しき村通信』第二〇号には、先生の文章で奈良の支部に新しい会員が七、八名できたことを報じ、さらにつぎのように抱負を述べる。

之から月に一度上京して兄弟（村の会員のこと—直木註）に逢ふやうにしたい。（中略）東京の帰りに途中の支部にもよりたいと思ふが、一々よるのは大へんだから、一つ交代ぐらいによらうかとも思つてゐる。名古屋も有望らしい。（中略）奈良に来た以上、大阪、京都、神戸は勿論、和歌山、名古屋にも月に一回、隔月一回位い集会に出張したく思つてゐる。（『新しき村五十年』による）

先生の意気、きわめてさかんである。ふるい会員の利倉幸一氏（劇評家）は、そのころのことを回想して、「大阪支部が急にふくれ上って、会員が何十名というようになったのは先生が村を出られて、奈良の水門へ移られてからである」と述べておられる（『新しき村五十年』）。

奈良支部については、先生の短い文章もあるが、まえにふれた中西清三氏の文にくわしいので、つぎにそれを紹介することにしたい（つぎの「新しき村奈良支部」参照）。

3　新しき村奈良支部

「新しき村」の主宰者である武者小路先生が奈良に居をかまえられてまもなく、新しき村奈良支部ができた。さきに奈良支部のことを中西清三氏の文によって記すと述べたが、その後、三枝熊次郎氏編集の『奈良県観光』（月刊）の五四号と五七号（昭和三十年五月・八月）に北村信昭氏の筆になる「真理先生在寧記」（上・下）が掲載されているのに気がついた。この両氏の文によって書くことにする。

奈良支部の創設に直接奔走したのは、もと村内会員であった渡辺三郎氏である。渡辺氏は大正十一年に入村した（『新しき村五十年』）が、その後村を出て、先生より一年ばかり前から奈良に住んでいた。奈良市の木原文進堂書店や飛鳥園に勤めていたが、新劇運動に情熱を燃やしていた当年の文学青年である。この渡辺氏が、当時『大和日報』の記者をしていた北村氏の宅に支部の事務所を置くことを依頼した。北村氏の日記によると、一月十八日のことである。

発会式は三月七日の午後三時から、猿沢池畔にあった北村氏宅の二階八畳の間でひらかれた。その時の出席者について、北村氏はつぎのように記しておられる。

高畑からは加納和弘、二科の浜田葆光、飛鳥園の小川晴暘、それに郡部から西久保、奈良石氏ら数人の小学校の先生たちが出席され、それに松村又一氏を筆頭に、私たち詩のグループが参加した。

そのほかジャーナリストや、奈良公園で焼きするめを売っている和田鴻一郎という文学青年など、出席者は二十四、五名にのぼった。右に見える「二科」は、大正三年に創立した在野の洋画家の団体。太平洋戦争中に解散した。

中西清三氏は右の文中にみえる「数人の小学校の先生たち」の中の一人であったと思うが、氏の追想記のなかに発会式の会合のことはみえない。欠席されたのかもしれない。

以上のほかに、支部に入会した人として北村氏は、仲川明・松本楢重・熊鶴・山口・佐野の人々の名をあげ、中西氏は、仲川明、森田孝造、熊谷直臣の名をあげている。

これらの会員の職業を、私のわかる範囲で記すと、浜田葆光氏は画家、小川晴暘氏は写真家、仲川明氏は県立図書館司書、松本楢重氏は朝日新聞奈良支局記者である。比較的自由な職業の人が多い。そのなかに小学校の教員がはいっているのは、目だつ現象である。

いまでは想像しにくいことかもしれないが、大正時代では新しき村の運動は社会主義のかたわれのように思われ、警察などでは危険思想視して、武者小路先生にはしばしば尾行がついた。そのころ私の生家は神戸にあり、父が神戸支部の仕事をしていたが、時々警察の人がようすを聞きに来たと、母から聞いた。奈良支部の北村氏のところへも、私服の憲兵がきて、新しき村の精神を聴取していったことがあったという。

中西氏の文に「新しき村も危険視されていたから、教員なんかで入るのはちょっと勇気がいった」とある。北村氏の文によると、例会での一会員の演説が誇大に新聞に報道されたことから、「小学校教員の会員の間で退会をすすめられたという、一寸したトラブルもあった」という。そういう空気のなかで、あえて新しき村支部に入会する教員が何人かあったのである。奈良県教育史のうえで注意しておいてよいことではないかと思う。

話はよこにそれるが、東大寺の上司海雲師の回想によると、武者小路先生が奈良に移り住んだとき、お水取りの拝観を申し出られたのを、東大寺で断ったことがあったそうである（『文藝』武者小路実篤読本）。その年、堂司にあたった坊さんが、新しき村を社会主義の村のように考え、また奈良へ来られる二、三年前におこった先生の離婚問題をたいへんな不道徳のように考え、「そんな不品行でその上危険思想を抱いた人物の参籠は困る」という理由である。

海雲師はそのころまだ学生で、「馬鹿なことをしたものだとふんがいしたような記憶がある」と書いておられるが、この堂司の僧の考えが、当時の一般的常識であろう。

しかし支部の活動は活発に行なわれた。毎月一回の例会は、主として近鉄奈良駅の北の大豆山町にあった満月会の事務所を会場とし、餅飯殿町の会所も使われた。中西氏によると、第一回目の例会では、中西氏や仲川氏が前座をつとめ、柳宗悦氏（白樺同人）や北村兼子氏（大阪朝日新聞）も講演し、最後に武者小路先生が話された。また法隆寺の佐伯良謙氏や坪内逍遥の甥の坪内士行氏が講演したこともあった。餅飯殿町の会所で、先生作の『達磨』を先生が達磨の役で自演したことは、中西・北村両氏とも書いておられる。このとき助演した東坊城恭長氏は、往年の映画スター入江たか子の兄さんである。

田原本町の緑座という劇場で講演会を催したこともある。立錐の余地もない満員であったが、先生の話はうまく行かず、演壇で立往生したまま「何が何やら分らないうちに」終ってしまった。先生はいつもまったく準備をせずに壇にあがり、頭に浮ぶことばをそのまま喋るという流儀なので、調子の出ないときはこういうことになる。緑座でも前座をつとめた中西氏は、「氏は実感でものを言う人であったから、聴衆と呼吸が合わなかったのである」といっておられる。離婚問題で「有名」になった文士を見ようとして集まった人も、かなりいたかもしれない。

4　憧憬の百済観音

武者小路先生が、奈良の帝室博物館にたびたび足をはこばれたことは、さきに記したが、印象にもっとも深くのこったのは、百済観音であったようである。

僕は飛鳥時代、天平時代の彫刻には限りない愛情を持っている。当時奈良の美術館では百済観音がいつでも見られた。僕はこの観音は世界的に言っても一方の代表者と思っている。これが日本で見られることは僕の最大の喜びである。

後年外国を歩いた時、日本人を侮辱する人種に出逢う時、日本には百済観音があるのを知らないかと、心の内に思ったことがある。（『一人の男』）

と書いておられる。ながい引用になったが、先生の後期の名作『愛と死』のなかのつぎの文章とくらべていただきたいからである。その文というのは、主人公の村岡がヨーロッパから日本にいる許婚者の夏子にあてた手紙の一節である。

エヂプト、ギリシヤ、伊太利ルネサンス、等々々々すばらしいものがどの位ゐあるか。しかしそれ等を見る時、僕の頭に浮ぶのは夢殿の観音と百済観音である。この作に比べられるやうな深みのある作はない。

ギリシヤの彫刻を見れば見る程、自分は夢殿の観音や百済観音に頭をさげる。まるで別種の味だ。どつちがいゝとは言はない。

しかしギリシヤの方により感心するとは言へない。東洋の神秘よ。精神の美しさよ。限りなき慈愛の表現よ。

だが私は、東洋にギリシヤのような美がないことを認める。両方あってい ゝ、両方なければならない

武者小路先生は一九三六年（昭和一一）の四月から十二月まで欧米を旅行しておられる。一九三九年に発表された『愛と死』のなかのこのくだりは、武者小路先生が洋行中にえた実感であろうが、百済観音に対する高い評価は、前記の『一人の男』の文にみえるように、奈良滞在中にやしなわれたものだろう。この点だけでも、武者小路先生の奈良在住は有意義であったと思う。

百済観音が奈良の博物館に出品されていたことは、和辻哲郎氏の一九一九年刊の『古寺巡礼』にもみえる。ずいぶんながく博物館に出ていたが、その後法隆寺にかえった。武者小路

先生は一九四二年（昭和一七）十一月、講演会のために京都にこられたおりに、法隆寺へ行っておられる。百済観音をみるのが目的の一つであったろう。

講演会は十三日に京都の朝日会館であり、翌十四日に八瀬で先生歓迎の新しき村の京都支部の会があり、法隆寺行きは十五日であった。村のふるい会員の上田慶之助氏が同行され、京都大学の文学部の学生であった私は、医学部の学生の兄とともに随行した。なにしろふるいことで、国鉄の京都駅から汽車で行ったこと、法隆寺の南大門前の茶店の二階で昼食したこと、先生の足の早いことをおぼえている程度である。先生が百済観音をどのようにみておられたかなどは、残念ながら記憶にない。しかし忙しい日程の一日をさいて法隆寺へ行かれたのは、百済観音のためであろうと私には考えられる。

武者小路先生は『白樺』のむかしから、西洋近代美術の紹介におおきな功績をあげられた。しかし日本古代の美術についての関心もふかかった。それは一九六五年（昭和四〇）四月に私が『古代国家の成立』（中央公論社）という著書を先生にお贈りしたとき、先生からいただいたハガキからもうかがえる。個人的な内容をふくんで恥かしいが、掲げさせていただく。

貴著『古代国家の成立』買って読みたいと思っていた処、さっそく送って下さってありがとう。送って下さると思っていないわけでもありませんが、それだけなお嬉しく思いました。御尊父が生きていらっしゃったら、さぞ喜ばれたろうと思います。ご尊母が御喜びになった御様子は察しられます。若い人達、親しかった友達の御子さんが立派にものになる姿を見るのは、実に嬉しいものです。御本は少しよみ出しましたゞけですが、その内ゆっくり拝見したいと思っています。飛鳥時代の日本の美術に限りない憧憬を持っている僕は、この時代を君がかいたこと、又中央公論が君に書かした事を、実に嬉しく思っています。御ついでの時、お兄さんにどうぞよろしく。

百済観音だけでなく、日本の古美術に関心をむけられるきっかけは、一年間の奈良在住にあったのではなかろうか。奈良に住まわれなくても飛鳥美術を愛するようになられたであろうが、奈良水門町の一年は、その時期を早めたにちがいない。

〔追記〕山口別荘を斡旋したのは志賀直哉氏であろうと書いたが、奈良の東大寺学園高等学校の教員の竹末勤氏の調査によると、洋画家小見寺七郎氏の世話であることが、大阪朝日新聞一九二六年一月十日号の大和版にみえるよしである。

六　「よかったら」と杉の林

武者小路先生の画の讃によく見る言葉に、

和而不同。

という語がある。先生のお好きな言葉の一つと思うが、『論語』の子路第十三に、「子曰く、君子は和して同ぜず、小人は同じて和せず」とあり、「君子は調和するが雷同はしない」と訳されている（岩波文庫、金屋治）。訳するとそういうことだろうが、先生はまた画の讃に、

君は君、我は我也。されど仲よき。

ともよく書かれる。同じ精神から出た語であろう。

先生の思想の中心は、「自己を生かす」という自己主張、自我の尊重であるが、それは他人の自我を傷つけず、尊重する思想で、人は互いに他人の自我を認めあいながら、理想に向っては一致して進んで行くことができるという考えであると思う。

その思想は『白樺』以前から先生の心の中にあり、『白樺』とともに成長したと思うが、それは先生の思想となる以前、生活態度の中にもあったのではなかろうか。それは先生が、

「よかったら」という、相手の立場を尊重することを意味する語を、早くから使っておられることに現われている。

この語が先生の創作のなかによく出てくることは、ご存知の方が少なくあるまい。たとえば『その妹』に、

広次。無理にとは申せませんけれど、よかったら載せて戴けるとありがたいのです。

（全集第二巻、四四六ページ上段。傍点は直木。以下同様）

また、

綾子。その時、あなたもよかったらきっといらっしゃいね。（同上、四六二ページ下段）

とある。

「その妹」が書かれた一九一四年十二月から翌年二月までより三年前の一九一一年十二月二十二日に、友人の山脇信徳にあてた先生のハガキにも、

よかったら明日来玉へ。（全集一八巻「書簡」）

とある。このハガキは、ロダンから自作の彫刻が小さいながら三点、『白樺』あてに送られてきて、同人たちが集まって大騒ぎしている最中に書かれたのだが、「ぜひ明日来玉へ」ではなく、「よかったら来玉へ」と書くところに先生の面目がある。

以上にあげたのは一九一〇年四月に『白樺』が創刊されて以後の例であるが、その四年前

の一九〇六年四月二十七日、先生が二一歳（満年齢）で学習院高等科の三年生のときに、木下利玄にあてた絵ハガキに、

よかったら学校の帰（ママ）に遊びに来玉へ。

と書いている。他人の考えの尊重は、思想的に開眼する前から先生の身についていたものといってよいだろう。先生のこの態度と考えは、『白樺』の同人たちにも影響を与え、互いに自分の個性を尊重しながら、他人の個性も尊重して、『白樺』が発展したといってもよい。

つぎにあげる先生の詩「俺達は杉の林」は、「新しき村の思想をあらわしたもの」と『武者小路実篤画文集』第六巻四三ページにあるが、上記の考えかたが根底になって作られたと思われる。

俺達は杉の林

俺達は杉の林
協力はするが
独立する。

俺達は人間
協力はするが
独立する。

私はこの詩が好きで、先生にお願いして書いていただき、額に仕立てて応接室の壁にかけ、毎日のように眺めている。

〔追記〕詩「俺達は杉の林」は『全集』十一巻四〇ページに載っている。参照されたい。

Ⅳ　武者小路実篤をめぐる人々

一　杉山正雄さんと日向の「村」

杉山さんにお会いしたのは二度ある。一度は一九七六年（昭和五一）四月、武者小路先生のお葬式の当日で、場所は東京の青山斎場であった。お訣れの言葉を述べられたが、まごころのこもった言葉に私は感動した。話されたことの大要は、雑誌『新しき村』の同年六月号（先生追悼号）に載っている。（ただし私の記憶では、房子様について話された部分は省いてあるようだ）

葬儀が終ったあと、上田慶之介さんに紹介して頂き、簡単にご挨拶した。お話もそうだが、風貌から受ける印象も、私の想像していた通りの杉山さんだった。私がいうのは不遜だが、質朴で柔和で重厚な感じを受けた。五〇年ぐらい前、神戸で私の父に会ったことがある、とおっしゃった（私の父直木憲一は、一九四五年に戦災をうけるまで、ずっと神戸にいた）。

それ以後、私は杉山さんのことをなつかしく思うようになった。二年後の一九七八年三月に思い切って妻をつれて日向の村を訪ねた。私はものごころのつく頃から村のことは何度聞かされたか知れない。武者小路先生のほか、川島伝吉さんや野井十さんなど村の人たちもよく神戸の家へ来られた。しかし父は体が弱いこともあって生涯あんなに憧れていた日向の村

日向の村の牛舎の前で（1978年）

へ一度も行く機(おり)がなかった。私は父のためにも村へ行きたいと思った。

三月十八日の朝、国鉄を九州の日豊線の高鍋で下り、小丸(おまる)川に沿ってタクシーを走らせた。石河内の村の入口の川のほとりに、松田省吾さんが迎えに来て、小船にのせて下さり、川楊の芽の萌えそめた川向うの岸辺では、杉山さんが待っていて下さった。船着き場の近くにある村の五十周年の記念碑を見、太い孟宗の薮をぬけて上の城へのぼる。上の城のよく耕された田畑の一隅にある村の家で、房子様（武者小路先生のもと夫人）にはじめてお目にかかる。村外会員の小国英雄さんと太田幸之助さんとが来ておられた。

小憩後、杉山さんと松田さんに案内し

て頂いて村の中を見てまわる。たびたび話に聞いた村の水路の跡も見る。昼食をいただいたあと、午後しばらくして帰るつもりであったが、一晩泊ってゆけと強くすすめられ、御好意にあまえることにした。そして午後三時ごろから夜の十一時ごろまで、杉山さんご夫妻を中心に、小国さんや太田さんも一緒に（九時ごろからは松田夫妻も加わって）、村の話をいろいろ伺った。そのなかでとくに感銘が深かったのは戦争中のご苦労である。

一九三九年（昭和一四）に東の村ができてからは、日向の村は杉山さんご夫妻だけになった。その上に一九四一年からは太平洋戦争である。杉山さんが飛行場建設などに徴用されて出かけると、村はまったく房子様一人になる。警察が心配して、ときどき巡査がみまわりに来て、房子様が一人で本を読んでいるのを見て、安心して帰るということが、たびたびあった。徴用に出る杉山さんのために、セルの着物をリフォームして洋服を作ったが、それがボロボロになって帰ってくる。帰るのは二週間に一度ぐらいで、その留守中は、房子様が一人で牛や馬の世話をした。山の中を歩いていて行商人にあったことがあるが、行商人のほうがビックリし、村へおりてから、山の中で神さんに会ったと言った、ということをあとで聞いた。

そうした苦労ばなしは、おもに房子様が話され、杉山さんは黙って聞いておられるだけだが、こんな話をされた。

ずっと前（大正十年代）、村でお札（金券）を発行したことがある。それを向坂逸郎氏（九州大学教授）は遊びだといって批判した。私にはその批判がこたえたが、戦後の三池炭鉱の大争議のときに、組合が金券を発行した。争議を指導した向坂氏は、すぐれた戦術と評価したのは腑に落ちない。

房子様がそれを引きとって、

お札を出したのは村がいちばん困った時なのよ。杉山は髪の毛がぬけて、鳥目になった。

戦後のことでは、

この家はずいぶん古くなって修理しなければならないのに、杉山は金を送ってもらっても修理に使わないで、本を買ってしまう。私あてに送ってくれないと、家も直せない。まえに女学生が二〇人くらい見学に来たとき、雨になったので家の中に入れてあげたら、根太が抜けてしまったの。それでようやく修繕ができた。

そのほかいろいろの話を伺っている途中で、私は持参して来た永見七郎氏編の『新しき村五十年』をとり出して、サインをおねがいした。杉山さんはこころよく承諾して、

千九百七十八年三月十八日

杉山正雄

と墨書して下さった。

昭和五十三年と書かずに西暦で年次を書かれるのは、杉山さんの見識の広さを示すが、〝一九七八年〟でなく、〝千九百七十八年〟であるところに、私は大正時代の空気を感じた。大正の世界的、革新的な空気のなかに、新しき村は生れた。その新しき村の精神が、小さな日向の村に、純粋に、汚れなく守られて生きつづけている。その体現者が杉山さんである。杉山さんの署名を見て、私はこの感を強くした。

私たちはその晩、別棟の客室に泊めていただいた。部屋には杉山さんの書と思われる漢詩の軸がかかっていた。それは、

莫嫌襟上斑々色
是妾燈前滴涙縫（カ）

と読めた。

翌日は六時半に起き、七時すぎ母屋へ行って、パンと紅茶の食事をいただく。快晴のきもちよい朝である。八時に小国、太田両氏と出発、松田さんの漕ぐ船に乗って村を離れた。

二　梨と彼岸花　―上田慶之助さんを偲ぶ―

上田慶之助様にはずいぶんお世話になった。なにしろ、いま六九歳の私がまだものごころのつかない頃から、遊んでいただいたのだから。三歳のころ、上田さん（以下こう書かせていただく）が神戸西郊の塩屋の海で私を小舟（ボート）に乗せ、沖に出て喜ばせていて、ふと気がつくと、大きな汽船がまぢかに迫っており、ほうほうの態で逃げ帰ったが、もうすこしで衝突するところだったという話を、五〇歳位になってから上田さんから聞いた。上田さんは、人の命にかかわりかねない失敗談であるため、打ちあけにくくて今まで黙っていたということだった。その時分の私が上田さんのお友達に抱かれ、二〇すぎの上田さんとならんでうつっている写真は、数年前に上田さんからいただいて、愛蔵している。上田さんもその写真を六〇余年間も大切に保存して下さったわけである。

上田さんは日向の村に居られた期間が長かったから、私の小・中学のころはお会いしたことはそれほど多くない。上田さんが村で果樹園を担当して、みごとな梨を作られたことは村の関係者の間ではよく知られているが、村の古い会員である永見七郎さんの編纂された『新しき村五十年』（新しき村刊行、一九六八年）に、売られていた梨を貰って感心した人の文章が出ているので、紹介しておきたい。

梨は一個一五銭で売られていた。その人は一五銭は安くないなと思ったが、帰って紙包みをあけてみると、転がり出したのが子供の頭ほどの大きな梨だったので、驚いてしまったという。以下原文。

私の今住む村の近くに梨畑がある。ここでもぎ取る梨は、一個が七銭から十銭ぐらいである。多きさ（ママ）はボールの気の利いたぐらいのものである。取りに行ってそれである。ところが、村の梨は正味からいってもどうしても四倍はある。うまいこともすばらしい。水がタラタラ垂れる。シンは小さい。これで一五銭也（運賃も入れて）は無茶苦茶に安い。（下略）〈「村」の梨が大きくて美味、かつ廉価であることは、本書六一～六二ページにみえる。〉

（『新しき村』昭和九年一月号）

筆者の「その人」は、何と桜井忠温である。日露戦争における旅順要塞の攻囲戦を描いた戦記『肉弾』の筆者で、のち陸軍少将にまで昇進した忠温にちがいあるまい。

この昭和八年の梨作りの下ごしらえのすんだ三月、上田さんは夫人操さんと二人のお嬢さんとともに村を退き、京都へ帰られ、家業（鹿子絞り）を手伝っておられたが、昭和十三年お嬢さんの健康のため、居を明石の人丸神社の近くに移された。明石市にあった県立農事試験場（であったと思う）に職をえられたのは、それからまもなくであろう。このころから神戸にあった私の家との交流が頻繁になる。私の家へよくお見えになったが、こちらからも家族づれでよくお邪魔した。『新しき村』の本年（一九八八年）五月号に載った上田さんの絶筆ともいえる文章『年月』に、竹内栖鳳（せいほう）門下の画家土肥蒼樹さんの入手された中国泰山の拓本の絶品を携えて私の父に見せにこられた話があるが、この時期のことである。三人鼎座して、感嘆に時の移るのを忘れていた情景を、私もよく憶えている。

明石では、港に近い通りで鯛茶のとてもおいしい店に案内して下さり、それ以後は明石に行くたびに必ずといってよいくらい、この店に寄った。人丸神社の茶店で、明石海峡をながめながら、ごいっしょにところてんを食べたこともある。俳句はいつから始められたか知らないが、

　　播磨野や麦の上ゆくつゞれ真帆
　平らかに播磨の海も穂麦晴

などは、このころの作であろう。

戦争末期に、上田さんは夫人の実家のある信州松本の郊外の農村に疎開され、村の昔にかえって稲作などに精を出された。戦後私も一度そのお宅で泊めていただいたことがある。その後しばらくして京都へ戻られ、私も京都大学の研究室にいたが、その後奈良に住んで大阪

市立大学に通うようになったので、お目にかかる機会は少なくなかった。そのころの思い出は沢山あるが、長くなるので一つだけ書かせていただく。

昭和三十年代のころ、武者小路実篤先生は毎年のように京都へお見えになって、半月ほど滞在し、絵を描いたり、美術品を見てまわったりされた。定宿は八坂神社の南の奥にあった松園という閑静な日本旅館で、上田さんはほとんど毎日、松園に詰めておられるようだった。以下は上田さんから聞いた話である。

ある日、上田さんが先生と一緒に郊外から京都へ戻って来て、祇園石段下で市電かバスを降り、いつものようにゆるやかな登り道を松園へと歩いた。ちょうど秋の彼岸のころで、道ばたに彼岸花が咲いていた。先生はそれに目をとめ二、三本折りとると、急に足が速くなった。先生は普段でも足が早いから、上田さんは小走りに後を追った。宿に着くと、先生はすぐに画室にしている部屋にはいり、花を机の上に置いて座りこまれた。しかし絵筆を取るまえに、花を揉んだり、しごいたりして、花の形を崩しておいてから、写生をはじめられた。一言も物をいわれない。上田さんは気魄におされる思いで、先生の筆の運びをじっとみつめていた。

写生ができ上ったとき、先生は上田さんを顧みていわれた。「町を近みくたびれ歩むみちばたにさいいなみ捨てある曼珠沙華の花、だったね。」

いうまでもなく、木下利玄の名品「曼珠沙華の歌」連作一〇首の最後の歌である。はじめて先生の意図に気づいた上田さんは、ハッとしながら、

たしか、そうだったと思います。

と答えた。

先生は京都の町をやや疲れて歩きながら、彼岸花（曼珠沙華）をみた途端、亡き親友利玄の歌を思い出し、一刻も早く曼珠沙華を絵にしたい思いに駆られて大急ぎで宿に帰られたのであろう。しかし讃として書きこむおつもりの歌にまちがいがあってはいけないので、上田さんに念を押されたのであろう。利玄の歌が書きこまれた絵を、先生はその場ですぐに上田さんにお贈りになった。上田さんが感激されたことはいうまでもない。

以上がその「さいなまれた」彼岸花の絵を前にして、上田さんからお聞きした話の大要である。先生と利玄との友情、先生と上田さんとの師弟愛の流露した話として私にはとくに忘れられない。

上田さんのお世話で祇園祭の鉾のお渡りを見物したあと、琵琶湖の新舞子へ行って一緒に泳いだことや、先生のお伴をして一緒に法隆寺へ行ったことや、岸田劉生の御妹さんの大畑照子さんとともに奈良の拙宅を訪ねて下さったことや、思い出はつきない。

最後に、上田さんが嵯峨竜安寺で作られた句を揚げさせていただく。

生死事大雪ふかき茶を焙じける

〔追記〕上田慶之助さんは一八九八年（明治三一）二月、京都の鹿子絞り染めの老舗上田商店の次男として生れ、文中に記したように青年期以来、「新しき村」のために全力を挙げて尽された。武者小路先生没後は、先生のあとをついで財団法人新しき村の理事長に推され、一九八八年八月になくなられるまで、その任を果された。「村」への上田さんの功績ははかり知れないが、上田さんが「村」に尽すことのできた背後に、ご父君と令兄の深い理解があったことを思わずにはおられない。梅原竜三郎を生み、安井曽太郎を生んだ京都町衆の、文化的で自由な伝統のあらわれであろう。そうした京都のすぐれた面を体現されたのが上田家であり、上田さんであったと思う。拙文のおわりの方に記した「大畑照子さん」は劉生の傑作の一つ「支那服婦人の像」のモデルとなられた方である。

三　歴史学者坂本太郎先生と「新しき村」

東京大学文学部の名誉教授坂本太郎先生は浜松のお生れで、大正八年三月に県立浜松中学を卒業、難関の試験に合格して、その年九月に名古屋の第八高等学校に入学されたが、三ヶ月後の十二月に休学を決意して下宿を引きはらい、荷物をまとめて帰郷された。

このことは先生の自叙伝『古代史の道』にも、最晩年に静岡新聞に連載された回想記『わが青春』にも見え（ともに『著作集』第一二巻所収）、よく知られた事実である。その理由としては、⑴高校の授業の多くが中学や受験準備でしたことの繰りかえしにすぎない気がして、興味が持てないこと、⑵将来は大学の法科にはいって役人になろうという気持ちをもって入学したが、しばらくして自分は役人に向かないとさとったこと、⑶子供の時からの胃腸の弱さが相変らずで、健康に自信が持てなかったこと、の三つを挙げておられる。⑶はともかく、⑴⑵の理由は先生らしい生まじめさがうかがわれるが、明治・大正の旧制高校は東京帝大に直結し、最良のエリートコースである。それを振りすてて突然の帰郷に、ご両親はたいへんに驚かれた。

うちでは大騒ぎである。

と坂本先生の書いておられる通りであろう。

ところがそれより少しまえ、先生の近いご親戚の松本家では、もっと大きな騒ぎがあった。先生のご尊父宗十郎氏は、浜松市近郊の浜名郡和田村篠ヶ瀬の素封家松本家から坂本家へはいって、坂本家を継がれたのであるが、実家の松本家の当主の長男—宗十郎氏の甥、先生の従兄―が、「武者小路実篤の新しい村の運動に共鳴して、家を捨てて日向に出奔するという珍事が起こった」（『わが青春』）のである。

このことは『古代史の道』にはまったく触れられていない。私は先生のご逝去後、冊子にまとめられた『わが青春』を奥様より頂戴して初めて知り、アッと驚いた。私の父も、武者小路実篤に傾倒し、雑誌『白樺』の熱心な愛読者、新しき村運動の信奉者であり、その関係から浜松の松本長十郎さんという名を、父の口からしばしば聞いた憶えがあったからである。坂本先生の文章には「長十郎」の名は記されていないが、日向の村に挺身された「松本家の長男」が長十郎氏であることは、疑いがない。私の父は武者小路氏を世界でもっともすぐれた人物のように思っていた。長十郎氏もそうであろう。その従兄弟が坂本先生であろうとは。私は先生にいままでにない親しみを感じた。

そもそも実篤が新しき村の運動を思い立ったのは大正七年五月のころで、大阪毎日新聞にそれについての感想を書き、『白樺』五月号にそのつづきを書いたのに始まる。それに対し最初に同感の意を表したのは、友人関係では木村荘太、「世間では浜松の松本長十郎君と竹村啓介君が最初」であった（『或る男』）と実篤は記している。九月にはいっていよいよ実篤は同志の人々と東京を出発し、浜松・名古屋・京都・大阪・神戸などで演説会を開きながら、日向へ行く。東京と大阪での会のプログラムが残っているが、両方とも演説者に松本長十郎の名がみえる。いかに長十郎氏が若い情熱を村にそそいでいたかが察せられる。

日向の新しき村の土地は、この年十一月に宮崎県児湯郡木城（きじょう）町に決定し、いよいよ村がスタートする。永見七郎編『新しき村五十年』によれば、村の住人としての長十郎氏の名は、第二年度の大正八年から見える。最近復刻された雑誌『新しき村』の古い号によると、この年二月の入村であることがわかる。そして同年八月二十八日、同じ年に入村した矢尾春子さんと結婚された。ちょうど坂本先生が中学を卒業して八高に入学されるころのことである。先生によれば、

親類一同が集まってこれを止めたが、釈迦が悟りを開くために王城を捨てたのにも等しい信念に燃えた人を翻意させることはできなかった

とある。私は長十郎氏のお年を正確には知らないが、昭和五十二年（一九七七）十一月に八一歳でなくなっておられるから、多分明治二十九年（一八九六）の生れで、明治三十四年生れの坂本先生より五歳の年長、大正八年（一九一九）には二三歳の青年であった。

若いとき、人はたれしも自分の少し前を行く四、五歳上の先輩―多くは兄や従兄や若い叔父など―から強い影響を受ける。私には長十郎氏の家出同然の行動が先生に与えた影響は大きかったのではないかと思える。それは先生が最晩年の回想記で六十七、八年も前に起ったこの事件を特記しておられることからも窺（うかが）えるが、前記のように長十郎氏の「新しき村」

入りを、釈迦の入山になぞらえておられるのも注目される。これは氏の断乎たる行動を、若き日の先生が深い尊敬の念をもって見ておられたことを示すものではあるまいか。

この事件を先生の休学と結びつけるのは短絡にすぎようが、人間が生きることの意味について思いをひそめる契機となり、休学決意の遠因の一つとなったことは否定できないように思われる。もちろん先生も中学時代、思想について無関心でおられたのではないが、『古代史の道』によれば、愛読されたのは高山樗牛や大町桂月で、新しき村とは全く傾向を異にする。中学から高校へという人生の大きな変り目に、長十郎氏を通じて新しい思想にふれたことの意味は深い。

先生がどこまで武者小路の主張に共鳴されたかは疑問だが、これ以後大正デモクラシーの思想に関心を持ち、理解を持たれたことは疑うに及ぶまい。先生が戦前のファシズムの時代に軍国主義に流されず、戦後の混乱期に民主主義に対する偏見を持たれなかったことの淵源は、この時にさかのぼると私は考えている。

なお長十郎氏は新しき村に二年ほど居られた後、ご父君の逝去のため止むを得ず浜松に帰られたが、村と武者小路に対する信念を終生持続し、関係者の尊敬を集めておられた。そのことは雑誌『新しき村』松本長十郎兄追悼号（昭和五十三年三月）に明らかである。

四　想い出の岸田劉生の画

もと私の父の家に、劉生の油絵が六点あった。麗子像二点、支那服婦人の像、村娘於松の像、築地風景、南瓜と茄子、の六点で、その他にデッサンや日本画が数点あった。いまもしこれがそっくり残っていたら、少なくとも億をこえる資産であろうが、残念ながらほとんどが人手にわたり、劉生が友人の川幡正光をえがいたデッサン肖像が一点、私の手もとにあるだけである。この絵は一九七九年に東京国立近代美術館で催された岸田劉生展に出品した。デッサンながら気魄に満ちた作品で、劉生のなみなみならぬ天分のあらわれは、同展の図録でも察することができると思う。

1

コレクターとしては無名の私の父が、どうしてそれだけ劉生画を蒐集していたか、不思議に思われる方も少なくあるまいが、私の法螺ではない。

劉生研究の権威土方定一氏が「岸田劉生―人と芸術」という座談会（岩波書店『図書』一九七九年四月号）のなかで、つぎのように語っておられる。

不思議なのは、神戸の米問屋の直木さんの蒐集のことを誰もいわないんです。直木さんのまだ生きておられたころ、神戸へお訪ねしたら、劉生が十点ぐらいあったのです。（中略）直木さんのところは（油絵が）五、六点はあったと思う。ぼくの前の画集に全部、直木さんの所蔵のものは出ています。

「前の画集」というのは、土方氏が一九四一年（昭和一六）にアトリエ社から出された『岸田劉生』のことで、わが家へは一九四〇年ごろにお見えになったようである。私は東京の学校に行っていてお目にかかっていないが、たいへん感銘を受けてお帰りになった、と家にいた妹からあとになって聞いた。

父憲一が劉生の画を入手したのは、神戸に住んでいた関係から、一九二三年から二六年（大正一五）までのいわゆる劉生の京都時代がおもである。父は武者小路実篤のはじめた「新しき村」の熱心な会員であったから、京都在住の「村」の会員で、かつ劉生の画の弟子でもあった村田永之助さん（のち吉岡姓）の仲介によるものではないかと思う。村田さんは京都時代の「劉生日記」にもっともよく現われる方である。

日記の大正十三年一月八日の項（『劉生日記』第九巻、岩波書店）に、夫人蓁（しげる）さんと村田さんの三人づれで神戸へ芝居見物に行ったことが記されているが、「直木さん夫婦が子供さんつれで（神戸の）停車場に来てくれて」一緒に歩いて湊川新開地の松竹座に行き、歌舞伎を見たとある。この時私は満五歳になる少し前だった。うすぐらい桟敷で観劇したことをかすかに記憶している。父は三四歳、劉生は三二歳であった。

その晩、劉生ら三人は私方に泊り、翌日祖父の住む父の本家を訪問した感想を、劉生はつぎのように書いている。

大そう大きな立派な家にて驚く。直木さんの家が思ったより汚いので驚き、それにくらべて本宅が思ったより立派なので驚いた呵々。

祖父直木政之介はマッチ業で成功し、このころ家運隆盛であった。父は商売は下手であったが、祖父の援助によって劉生の画をつぎつぎと求めることができたのである。しかし父も旦那芸の道楽として画を集めたのではないと思う。いま思い起しても、劉生の若書（わかが）きの築地風景を除いて、すべて写実の本道を行く緻密な力作ぞろいであった。支那服婦人の像は端正で気品のあるなかに潤いを帯び、劉生作品のなかでも独特の味をもつ傑作であり、二点の麗子像のうち一点は、多くの麗子像がやや斜めを向いているのに、真正面を向き、迫真の写実は一種の鬼気を漂わせている。家が汚れてうすぎたなくなるのも構わず、劉生にのめりこんだ父の気持ちが、今になってわかる気がする。

3

父は三男であったため、昭和の初期に祖父が家督を長男に譲ってからは本家の援助が期待できなくなり、わが家の経済は次第に苦しくなった。麗子像を持っている家は破産するという迷信めいた言い伝えは、昭和十年代にはもうできており、この家もそれを実証する一例になるのかな、と思ったものである。しかし破局は戦争とともに駆け足でやって来た。家業の米穀商は統制が次第にきびしくなり、一九四二年の食糧管理法の公布、食糧営団の発足によってついに廃業に追いこまれ、さらに終戦の年（一九四五年）の三月、空襲にあって家は全焼した。劉生の画だけは、兄が勤めていた京都府下の傷痍軍人療養所に疎開させてあったが、戦後のインフレ進行のもと、家業を失ったうえに焼け出された両親が生活を保つためには、この画を売るほかなかった。前述の麗子像九万円、支那服婦人の像一〇万円が手離した時の価格である。名残り惜しさは格別であるが、子供の頃から日常あの名画群に接することができたのは、無上の幸いであった。画が私に与えてくれたものを、いつまでも大切にしたい。

五　志賀直哉の名と『論語』

I

先日、『論語』を読んでいると、つぎのような文章が目についた。

子曰、直哉史魚、邦有道如矢、邦無道如矢。

（子曰わく、直なるかな史魚、邦に道あるにも矢の如く、邦に道なきにも矢の如し）

衛霊公第十五の七章の文で、史魚は衛の大夫（記録係りともいう）の職にあった人。この人の行ないがどんな時もまっすぐなことを、孔子が褒めた言葉である。

私はひょっとしたら志賀直哉の名はここから命名されたのではないかと思った。『論語』の直哉と作家の名の直哉との一致は単なる偶然かもしれないが、私の友人で「恕」という名のすぐれた学者があり、『論語』の衛霊公第十五の二十四章に孔子の弟子の子貢が孔子に「一言にして以て終身これを行なうべき者ありや」とたずねたら、孔子は「其れ恕か」と答えたとある、そこから取った名だろうと想像していたので、志賀の場合も名が『論語』によったことはありうると思った（その後、友人にたずねたら、「名を『論語』から取ったことはその通りだが、出典は里仁第四の十五章にみえる「夫子（孔子を指す）の道は忠恕のみ」によると思う、という返事であった）。

友人の話では、命名者は父君ではなく、一八六五年（慶応元）に越後長岡の牧野藩士の長男に生れた祖父君であるという。志賀直哉の場合はどうであろうか。『論語』と縁のうすい町家出身の家すじであったら私の想像はなり立ちにくいが、志賀直哉の先祖は奥州（福島県）で石高六万石を領する相馬家に仕えた、れっきとした武士で、直哉の祖父の直道は幕末に相馬家に仕えただけでなく、維新後も望まれて相馬家の家令を務めた。以下直道について述べるところは、主として阿川弘之氏の労作『志賀直哉』上・下（一九九四年刊、岩波書店）によるところが多いが、直道は一八二七年（文政一〇）の生れで、成人後二百石を領したから、江戸時代の武士としての教養は十分に身につけ、『論語』などもよく読んでいたことと思われる。一八五三年（嘉永六）生れの直道の長男直温の自筆の履歴書によると、一八七一年（明治四）に直温は「修業トシテ駿州静岡ニ遊学」し、幕末の剣客、明治時代には天皇の侍臣となった著名な山岡鉄舟（鉄太郎）のもとに預けられた。「遊学」は半年ほどの短期間であったが、直道が鉄舟と親交があり、いわゆる武士らしい武士であったことを思わせる。

さらに直道が『論語』をよく読んでいたことを思わせる史料が、直哉の書き残した作品のなかにあるので、紹介しておく。その作品というのは、直哉が一九五〇年にまとめた随筆集『山荘雑話』のなかにみえる「月見」という一文であるが、つぎのような記述がある。

直哉が学習院の生徒であった一九〇二年（明治三五）の六月ごろのことであるが、ある晩、友人と月見に出かけ、興に乗じてそのまま家に帰らず、鎌倉にある友人の親戚の家へ行って泊めてもらい、さらにそこから箱根へ行こうとして、自宅へハガキを出し、送金を頼んだところ、それは許さないという祖父直道の返信がきた。それには、『論語』に「父母在せば遠く遊ばず」という孔子の言（里仁第四）を引いて、親に無断で外出し、そのまま遊行するのは穏かならず、速やかに帰宅せよとあった。直道が『論語』に習熟していたことを示すエピソードである。

これにくらべて、父の直温は、静岡への「遊学」のあと福沢諭吉の慶応義塾に入り、一八七六年（明治九）に卒業、その後実業界にはいって活躍するような人物である。『論語』からわが子の名を選ぶようなことはするまい。また父親が若いうちは、私の友人の例にみるように祖父が孫の名をつけるのは、よくあることである。私は祖父直道が、『論語』から直哉の語を取って孫の名とした可能性は十分あると思う。
　しかし可能性というだけで、確たる証拠は何もない。けれども、一つだけ手がかりがあると私には思われる。つぎにそれについて述べる。

2

　手がかりは「直哉」という名である。直哉の父が直温、祖父が直道というように名に直の字を用いるのが志賀家の慣例である。阿川氏の『志賀直哉』を参考にして直哉の近親者の系図を作ると、左の通りである。

- 直員
- 直道
  - 直温
    - 直行
    - 直哉
      - 直康
      - 直吉
    - 直三
  - 直方

註1・女子の名は省略。

2・直方は直員の孫であるが、故あって直道の子となる。
3・直哉を中心とする一族のくわしい系図は、『志賀直哉全集』（岩波書店）第一四巻所載の年譜の終りにみえる。

阿川氏の『志賀直哉』によると、志賀家に伝わる系図のはじめに、志賀家の先祖として近江国志賀城主直為の名がみえる。その年代は十六世紀中葉の戦国時代に相当するが、すでに「直」の字が名にみえる。志賀直哉は「系図の初めの方は、ほんとうかどうか、怪しいもんだよ」と言っていたそうだが、阿川氏は、直為の二代あとの直久あたりからは実在の人物らしい、と評価している。名に直を用いるのは、志賀家にあっては二、三百年の伝統であったと思われる。してみると、直哉の名も、その伝統に従って命名されただけで、『論語』をもちだすまでもない、と一応考えられる。

しかし直哉以外の志賀家の男子の名は、「直」の外に久・員・道・方など、すべて意味のある字を持つ。それにくらべて「哉」は詠嘆の意を表す助詞で、それ自体は独立した意味を持たない。そんな字のある名を持つ人物は、志賀家では直哉以前にはほかに一人もいない。直哉以後では、道哉という名の直哉の孫があるが、直哉の名にあやかったものであろう。

志賀家だけでなく、俳人の尾崎放哉や彫刻家の加納鉄哉（直哉の随筆に見える人物）など、本人がつけたと思われる雅号の類は別として、生れたときに親などが付けた名で、哉のついた名はあまりないようである。

本名が「直哉」というのは、そうした風習に反する上に、直の字は「愚直」(馬鹿正直)「直情怪行」(周囲の事情にかまわず、自分の思った通りに行動する)などの語にも用いられ、「忠」や「恕」の語などと違って、一字だけでは不安が伴なう。しかし出典が『論語』であるといえば、どこからも異論が出ないだろう。直哉が『論語』から出たとする私見の保障となる。

「しかし」と私見に疑問を持つ人は反問するだろう。前掲の系図にみるように直哉には直行という兄がある。なぜ長男にその名をつけずに、次男を「直哉」としたかという疑いである。たしかに直哉には明治十三年三月に生れた三歳年上の兄がいる。だが兄直行は、直哉の生れるのに先立ち、明治十五年十一月に病没し、直哉は事実上の長男として十六年二月に生れるのである。直哉にかける祖父直道の期待は大きかったに違いない。直哉は銀行員であった父の任地の宮城県石巻で生れるが、二年後東京に遷ってからは、祖父母のもとで暮らすことになる。祖父が直哉に期待して、『論語』によって命名する心理的理由は十分に存したのである。

このような理由で私は「直哉」の名は、『論語』にもとづくのではないかと思うのである。

3

なぜこのように「直哉」の名に私が拘泥するかというと、単純な知的興味によるほかに、「直なる哉」という孔子の言が、志賀直哉の文学の本質と一致していると思われることに、より多くよっている。

志賀文学の特色を一言にまとめるのはむずかしいが、事典・辞書の類にはつぎのようにみえる（順不同）。

『広辞苑』強靭な個性による簡潔な文体。
『百科事典マイペディア』絶対的な自己肯定に基く直観的描写。
『角川日本史辞典』強い自己主張。
『近代日本文学辞典』自己以外は信ずることができないとする個性的な強い主観。（本多秋五）
『京大新編日本史辞典』強い自己主張を簡潔な文章で明確に形象化。（深江浩）
『平凡社大百科事典』内的モチィーフを尊重、書きたいもののみを書き、夾雑物を切り捨て圧縮の美を作り出した肉眼の作家。（紅野敏郎）

以上、目についたものをならべた。言い方はさまざまだが、自己の個性を重んじ、他を顧慮しない近代的個人主義にもとづく文学といってよいだろう。一言でまとめるとすれば、まさに直なる文学である。それはむろん彼のもって生れた性格によるところが少なくないであろう。その性格は父の直温と共通するようであって、阿川氏の『志賀直哉』によれば、直哉の叔父直方はつぎのように指摘したという。

父さん（直温）とお前（直哉）はよく似てゐる。性格にそっくりな所がある。振り返るといふことが出来ない。（上巻、五二頁）

振り返ることができないというのは、「直」という徳目の一面である。孔子のいうように矢はまっすぐ進み、振りむかない。直方は「直」を意識してこう言ったのではないが、直哉の性格を的確に指摘したものと言える。

しかしもちろん、祖父直道は孫の性格や、まして文学を知った上で、直哉と命名したわけではない。「直なる哉」という直哉の名の意味するところと直哉の性格や文学が一致するのは偶然である。

けれども直哉と名づけられた本人にとっては、長ずるに従い、人生上また文学上の問題に遭遇したとき、直哉の名に力づけられ、はげまされたことがなかったとは思えない。自分の名が『論語』によると祖父から教えられておればもちろんだが、知らなくても名から鼓舞されることはあったであろう。直哉の性格や生き方からすれば、『論語』との関係など知らない方がよいかもしれない。

いずれにせよ、生活においても文学おいても、自己の信ずる道を、振り返ることなくつき進む性格の形成に、直哉の名がプラスに作用したことは、直哉を論ずる場合、考慮に入れてよいのではなかろうか。

以上で私の言いたいことはほぼ終ったが、最後に直哉が自分の名の由来を直道あるいはその他の人から教えられて知っていたかどうかについて、一言ふれておきたい。

志賀直哉についての私の狭い読書範囲では決定的なことは言えないが、阿川氏の『志賀直哉』にはたびたび直道が登場するが、『論語』によって孫の名をつけたことは、一切記されていない。直哉の方からすれば、「私が影響を受けた人々を数へるとすれば師としては内村鑑三先生、友としては武者小路実篤、身内では私が二十四歳の時、八十歳で亡くなった祖父志賀直道を挙げるのが一番気持にぴったりする」（「内村鑑三先生の憶ひ出」全集第七巻）と言って、直道の影響の大きいことを認めているが、自分の名の問題についてはふれていない。

また右の直哉のことばのなかで一番の親友として名の挙がっている武者小路実篤には『論語私感』（小学館版全集、第一〇巻）の著があり、それには『論語』のなかから気に入った章の読み下しを記し、それについての感想が自由に述べられている。気に入った文章のなかには直哉の名の出典と私の考える衛霊公第十五の「直なる哉、史魚」の章がはいっているが、それについての武者小路の感想のなかには志賀直哉のことは出てこない。それは平素無口な直道が直哉に話さなかったかもしれないし、プライベートなことだから、聞いても直哉が他人には話さなかったのかもしれない。もちろん、そもそも直哉の名が『論語』によるという私の考えが誤っているのかもしれない。

直哉の名の起りについての私見は、結局保留しなければならないが、江戸時代だけでなく、明治維新後も家令という時代おくれの職名のもとに主家相馬家に仕えて忠節を尽した直道にとっては、孔子が「直なる哉」と史魚を称え、「邦に道あるにも矢の如く、邦に道なきも矢の如し」と言ったことばは、心に深く滲むものがあったであろう。その心をこめて、彼は愛する孫に「直哉」の名を与えたと私は考えたいのである。

〔追記〕

さきに本書Iの二で「武者小路実篤と乃木希典」に引用したことだが、志賀や武者小路が学習院の生徒であった時、武者小路は戦争になって、戦争にとられたらどうする、と志賀が問うた時、武者小路は「ゆくより仕方がないと思う」と答えたのに対し、志賀は「(兵役を拒否して)殺される方が本当でないか」と言ったという(武者小路『或る男』)。

志賀のまっすぐな性格を示すエピソードである。彼らが学習院高等科の生徒であったときに日露戦争が起っているから、こういう会話が行なわれたのであろう。

六　武者小路実篤の「遺言状」に見える人びとについて

ここに言う「遺言状（ゆいごんじょう）」というのは、『武者小路実篤全集』第一八巻（小学館）の「書簡」の項の最後にみえるものを言う。この巻の紅野敏郎の「解題」に、

一九三六（昭和一一）年五月二日、実篤がヨーロッパに行く直前にしたためたものが残っている。ふつうの便箋四枚、ペン書き。封筒に入れ、表書きは「遺言状」。裏書きは「昭和十一年五月二日　武者小路実篤」。

とある。

武者小路はこの年（一九三六年）の夏、ドイツでオリンピックが開催されるのを機に、ちょうどドイツ大使の任にあった兄の公共にすすめられて欧米の旅行を思いたち、五月に日本を出発して、ヨーロッパと北アメリカを見て、同じ年の十二月に帰国する。足かけ八ヶ月の旅であった。

まず四月二十七日、白山丸で横浜を立ち、神戸へ向う途中、白山丸が名古屋に寄港したので、一時下船、陸路奈良へ行って、奈良市高畑町に仮寓する志賀直哉を尋ね、それから神戸

へ行って、ふたたび白山丸に乗船、五月二日に神戸港を出るのであるが、出港の日の朝に書いたものと思われる。

私はかつて、一九九六年九月に塙書房より『山川登美子と与謝野晶子』を刊行するときに、「白樺と新しき村と父」という拙文を付録として載せたが、その拙文のなかでこの遺言状について簡単に触れたことがある。それを改めて書き直したのが、本稿である。

さて「遺言状」であるが、それは、

人生は無常のものだと言はれてゐる。しかし存外人生は無事なものでもある。しかし必ず無事とはきまってゐない。それで万一の時のことを考へて之をかいておく。

という文章ではじまり、主として自分が死んだ場合の財産の分与について書いた前半と、主として自分の借りた金（借金）について書いた後半とからなる。

前半では、「僕には今の処財産らしいものはないが、もしあれば全部安子にまかせる」とあり、夫人の安子さん以外、人名は見えないので、「武者小路実篤をめぐる人々」を主題とする本章とはほとんど関係がない。それに対して後半では武者小路の友人、知人の名が出てくるので、以下は主として後半について述べる。後半の全文はつぎの通りである。

それから志賀に二千円、ウテナの紙屋に五百円の借金がある。志賀の方は五年賦で返すやうにし、ウテナは室内社の西田君に相談して、礼をかゝない程度で妥協してもらうこと、あとまだ借金してゐる処があるが許して戴けると思ふ。但し直木さんの千円は金が出来たら御返しすること。あとは勘解由小路さんに二百五十円、他には園池、細川があるが、之はもうゆるしてもらってゐると思ふ。園池にはヱがいってゐるので。梅原に七十五円。村の過去の税金、金が出来たら払ふこと。

借金している相手の氏名と、借金の額のわかっている所を列挙すると、つぎの通りである。

志賀　　　　　　二千円
ウテナの紙屋　　五百円
直木　　　　　　千円
勘解由小路　二百五十円
園池　　　　　（不明）
細川　　　　　（不明）
梅原　　　　　七十五円
　他に「村の過去の税金」

志賀は、むろん志賀直哉。勘解由小路は実篤の母方の親しい親戚（武者小路の自伝にしばしば見える）。園池はおそらく園池公致。学習院では園池が下級であったが、文学を通じて親しく、『白樺』の同人。細川は学習院での同級の親友の細川護立であろう。肥後の大名細川氏の後継者。文学・美術に関心が深く、『白樺』刊行に協力した人物。梅原は画家の梅原龍三郎だろう。若くしてフランスに留学して画を学び、実篤が二八歳の一九一三年（大正二）に帰国するから、そのころからの知人であろうと思われる。「ウテナの紙屋」はよくわからない。実篤が画を書くための和紙を買いこんだのかとも思ったが、それにしては五百円は多すぎる。

この遺言状にみえる人びとは、「ウテナの紙屋」と「直木」以外は、実篤の若いころからの親しい親戚と友人ばかりで、とくに親しい園池と細川には「ゆるしてもらってゐると思ふ」とする。園池には「ヱがいってゐる」とあるヱ（絵画）は、昭和六年（月日不明）の「園池公致あての武者小路のハガキ」に、「あてにしてゐる稿料が今日入らないので困るのでともかくギリシャの亀と石涛のヱをおとどけする」（『全集』一八巻「書簡」の項）とある「石涛のヱ」をさすのであろう。

こういう実篤が若いころから親しくしていた人びとの中にあって、一人異色の人物が「直木」である。私の父の直木憲一であると思われる。憲一は明治四十三年（一九一〇）、二一歳の時に『白樺』が刊行されて以来、武者小路の愛読者であるが、直接あい知ったのは、新しき村の創立された大正七年（一九一八）で、武者小路は三三歳になっていた。千円の借金のことが見える「遺言状」は、それから一八年後の一九三六年に書かれているのである。

どういうわけか、武者小路は私の父を信頼して借金を申しこみ、父がその信頼に答えたのであろう。そのころの私の家の家計を思うと、当時一七歳の私を三番めとする四人の子供はだれも独立しておらず、母は気が気でなかったかもしれないが、のちになって、「村」の人にはお金にルーズな人もあったが、先生はきちんとしていらっしゃった、と私に語ったことがある。武者小路を信頼していたのであろう。

それにしても、武者小路は千円という大金をなぜ必要としたのであろうか。昭和十年ごろの物価と現在のそれとを正確に比較することはむずかしいが、当時五銭か一〇銭であったコーヒーが現在は五〇〇円ぐらいする。五〇〇円といえば五銭の一万倍である。すべての物価が一万倍になったわけではないが、当時の千円は現在の五百万円から一千万円ぐらいになる。なぜ武者小路はそんな大金を必要としたのか。

無論、半年以上も欧米を旅行するとなると、巨額の旅費を必要とする。武者小路は新聞社や出版社と交渉して、旅行記やオリンピックの見学の記事を書くことを条件にして前借りをし、またドイツ大使の兄も相当の額を融通してくれたであろう。多分、旅費の見込みはそれでついたのであろうが、日本に残して行く家族の費用までは手がまわらない。比較的裕福な友人の志賀直哉や細川護立は、いままでに何度も金を借りていて、いまさらそれ以上に借金

ヨーロッパへ行く武者小路先生
1936年（昭和11）5月2日、神戸港から白山丸でヨーロッパへ向う武者小路先生（むかって左）。右端は直木憲一。

は頼みにくい。大衆小説を書いて収入の豊かなような友人は、白樺派にはいない。

この時、武者小路の頭に浮かんだのが、新しき村の建設・維持を通じて親しくなった直木憲一ではあるまいか。彼は直木憲一を信頼して借金を申込み、憲一はその信頼に答えたのであろう。

しかし千円もの大金がどうして必要か。つぎにそれを考えてみる。

武者小路の欧米旅行中の留守家族は、夫人の安子さんと、新子・妙子・辰子さんのお嬢さん、あわせて四人の他に、少なくとも一人のお手伝いさん（当時は女中と言った）がいたと思われる。これを一人とすると、あわせて五人になる。お嬢さんは、武者小路出発の昭和十一年五月の時点で、上から一三歳・一二歳・七歳である。女中の給料は当時は安くて、毎月五円前後だと思うが、住みこみで、三食とも雇い主の負担になる。

女中を一人とすると武者小路の留守宅は女五人、その生活費がどの位か、むろん私にはわからぬが、食べるだけで当時の金で一月三、四〇円はかかるだろう。しかし文壇の巨匠とも言われる武者小路の家族となれば、食べるだけで過すわけにはいかない。それ相応の体面を維持することも必要である。成長ざかりの子供の服も買い整えなければならない。一ヶ月百円以上はほしい所である。百円におさえると、実篤の留守が八ヶ月だから八百円ですむが、その間にどんな事故がおこるかわからない。子供が代る代る、次ぎ次ぎに病気になることも、十分ありうる。留守八ヶ月の費用として千円を借りるのは、妥当なところと思われる。

以上が実篤の「遺言状」について考えた大要である。

余論　日本史研究と文学者

―森鴎外を中心に―

一　日本古代史の研究と学問の自由

―森鷗外・三宅米吉・津田左右吉を中心に―

はじめに

これから論述しようと思いますのは、日本国家の形成についての研究が、戦前にはどのように制約され、自由がなかったか、そのために研究がどんなに停滞したか、また研究者はこれにどう対応したか、ということです。結論をさきに申しあげますと、学問の自由がなかった、そのために日本の古代史は学問的に鍛えられることができなかったのであります。研究者はいわば政府の敷いたレールの上を走るよりほかありませんでした。出発点も終着点も最初からきまっています。研究者は自分の頭と目をはたらかせて、学問の道をさぐる必要はなかった。日本の歴史は神武天皇からはじまり、その前途は光栄にみちている。それ以外の道を探ろうとすれば、たちまち学問の道から追い出されるでしょう。

これでは学問は発達しません。日本の歴史学、ことに古代史は戦前は未熟・未発達でした。

戦争がおわり、学問の自由が回復されて三〇年余りたちますが、残念ながら古代史はまだ学問的に十分成熟したとはいえないと思います。そんなことを申しますと、いま日本古代史は花ざかりではないか、ブームではないかと言われるかも知れません。しかし私はいまの古代史ブームが、学問的にいって本当に古代史の隆盛といってよいかどうか、不安に思うのであります。

たとえば、あまりに思いつきの説が歓迎されていると思います。新説がつぎつぎに発表されるのは、まさに学問の自由のあらわれで結構なことなのですが、学問的な基礎の弱い説が多いので、不安な思いに駆られるのです。もちろんそのなかには、従来の研究者の盲点をつくすぐれた研究もありますが、研究の名に値しない書物が本屋の店頭を飾っているのも、また事実であります。しかしそれとともに、私をふくめて既成の研究者の多くが、戦前に作られた古代史のイメージから十分に脱却しておらず、古い観念や考えかたが古代史の学界に残っていることも、反省しなければなりません。記紀史観の克服ということが近年さかんに唱えられるのは、これと関係があります。

このようなことは、いずれも古代史の研究がながい政治的な制約のもとにあって、学問の自由がなく、学問的に鍛えられていなかったことに、多くの原因があると思います。ではどのように学問の自由が妨げられたか、どのように学問が抑圧されたかを、二、三の点について申し上げようと思います。

I

『古事記』と『日本書紀』は、古代国家成立史についてたいへん重要な史料であります。ご承知のように両書とも神代の物語―いわゆる神話―からはじまっています。そして神武天皇の橿原建国の物語につづきます。国家成立史を考えようとすると、この「神話」をどう扱うかがまず一番大きな問題となります。ところが戦前では、いうまでもないことですが、その問題を学問的に処理できませんでした。「神話」を批判的に考察することは、あとで申し上げる一八九二年の久米邦武の筆禍事件以来、きびしいタブーとなっていました。それでは国家の成立史を学問的に叙述することはできません。

古代史の研究者がそのために困難な状態にあったことは、学問の自由の価値を理解する人には知られていたと思いますが、その一人に森鷗外があります。彼は一九一二年（明治四五）一月に発表した小説「かのやうに」のなかで、この問題に直面した歴史学者の苦悩をえがいています。

この小説の主人公は五条子爵の息子の秀麿という若い貴族で、文科大学を卒業してのち、ベルリンに留学して歴史学や宗教学を学び、三年後には帰国します。彼は神話は歴史でないことを知るが、それを日本史に適用して日本古代史を描くことに危険を感じ、研究をすすめることができず、苦悩します。その秀麿の学問のもつ危険性を、父の子爵も感じ取ります。子爵はつぎのように考えます。

　今の教育を受けて、神話と歴史とを一つにして考へてゐることは出来まい。（中略）学問に手を出せば、どんな浅い学問の為方をしても、（中略）神話を事実として見させては置かない。神話と歴史とをはつきり考へ分けると同時に、先祖その外の神霊の存在は疑問になつて来るのである。さうなつた前途には恐ろしい危険が横はつてゐはすまいか（全集、第一〇巻[1]、五三頁）

秀麿はなやんだすえ、危険を避けて歴史の研究を行ない得るようにするために、ファイヒンゲルの「ヂイ・フィロゾフィイ・デス・アルス・オップ」に依拠しようとします。直訳すると、「かのようにの哲学」であります。たとえば学問上では、点は位置のみあって大きさがない、線は長さのみあって幅がない、現実にはそんなものは存在しないが、それがあるかのように考えなくては幾何学はなりたたない、という意味で、学問は「かのように」の上に成立するという考えかたであります。秀麿は友人の綾小路につぎのように言います。

　人生のあらゆる価値のあるものは、かのやうにを中心にしてゐる。（中略）僕はかのやうにの前に敬虔に頭を屈める。（中略）人間は飽くまでも義務があるかのやうに行はなくてはならない。僕はさう行つて行く積りだ。（中略）先祖の霊があるかのやうに背後を顧みて、祖先崇拝をして、義務があるかのやうに、（中略）徳義の道を踏んで、前途に光明を見て進んで行く。（中略）ねえ、君、この位安全な、危険でない思想はないじゃないか。神が事実でない。義務が事実でない。これはどうしても今日になつて認めずにはゐられないが、それを認めたのを手柄にして、神を涜す。義務を蹂躙する。そこに危険は始て生じる。（中略）併しそんな奴の出て来たのを見て、天国を信ずる昔に戻さう、地球が動かずにゐて、太陽が巡回してゐると思ふ昔に戻さうとしたつて、それは不可能だ。さうするには大学も何も潰してしまつて、世間をくら闇にしなくてはならない。（中略）それは不可能だ。どうしても、かのやうにを尊敬する、僕の立場より外に、立場はない。（全集、第一〇巻、七五—七六頁、傍点は筆者）

神話は歴史ではない、神は事実ではない、それは明らかなことだが、それを認めると危険が生じる。それで神は存在するかのように、神話は歴史であるかのように取り扱って行こうというのであります。「義務が事実でない」というのはちょっと分りにくいことですが、なぜ国民には天皇に忠義をつくす義務があるのか、そんな義務はありはしない、ということかと思います。

天皇の神聖性の根拠である神話を信じない。天皇に忠節をつくす義務を認めない。明治憲法体制のもとでこれほど危険な思想はありません。しかし「かのやうに」の哲学に従えば、天皇の神聖性は神話―なかんずく天照大神の天壌無窮の神勅―によって保証され、忠義はもっとも崇高な義務となります。「この位安全な、危険でない思想はないじゃないか」と、鴎外が秀麿にいわせているのは、まことにもっともであります。

しかしなぜこんな妥協的なこと、卑劣といってもよいことを、鴎外ほどの人が作中の主人公に言わせているのでしょうか。中略した部分の中で、秀麿は、このような態度は「極頑固な、極篤実な、敬神家や道学先生と、なんの択ぶ所もない」とも言っています。この作品を、五条秀麿を主人公とする他の小説とともに、明治の支配階級が「あたらしく下からのぼってくる敵を防ごうため」「自己陣営の精神的再武装をこころみた絶望的な努力」であるとする評価[2]もありますが、すでに多くの人びとによって論ぜられているように、このような弥縫策で事態を解決できると明晰な頭脳の鴎外が考えていたとは思われません。彼は保守的指導者にとるべき道を教えるためにこの作品を書いたのではなく、自分が妥協的な立場を取っていることの釈明のために、また同時に当時の保守的思想界に対する痛烈な皮肉として、書いたとみることはできないでしょうか。

正面からの批判はできません。それで「この位安全な、危険でない思想はないじゃないか」というような言葉のなかに皮肉をこめていると見たいのですが、それはあるいは鴎外の自嘲につながるものであったかもしれません。

2

ではなぜ鴎外は、このようなシリアスなテーマを取りあげたのでしょうか。

いうまでもなく「かのやうに」発表の一年八ヶ月まえの一九一〇年（明治四三）五月に発覚し、支配階級を震駭した大逆事件と、一九一一年一月以降大きな政治問題となり、一時は時の桂内閣を窮地に追いこんだ南北朝正閏問題とが、この作品執筆の契機になったと思われますが、そのころ思想界に新しい動きがおこり、文壇にもそれが表面化してくる、という社会情勢や、一九一一年（明治四四）十月に中国で辛亥革命がおこったことなども影響したと思います。

大逆事件はご承知のように、宮下太吉・管野スガ・新村忠雄ら数名による明治天皇暗殺計画がもとになっていますが、検察当局はこれを利用して幸徳秋水ら当時の目ぼしい社会主義者多数を検挙し、発覚した年の十二月に二六名を起訴、翌一九一一年一月十八日に死刑二四名、有期刑二名の判決を下した事件であります。二四名の死刑囚のうち、一二名は無期に減刑されますが、のこり一二名は一月二十四、二十五の両日に死刑が執行されました。この事件に鷗外が強い関心をもっていたことは、政府による無差別な学問や思想・芸術に対する弾圧を批判した小説『沈黙の塔』を一九一〇年十一月に発表したこと、また翌十二月に発表した『食堂』では、大逆事件の被告を死刑にすべきでないと登場人物に語らせていることからもわかりますが、大逆事件の公判の前後、この事件の弁護士平出修と会って事件の情報を得ていたらしいこともよく知られています。

平出修は一九一〇年に三三歳（かぞえ年、以下同様）で、鷗外（このとき四九歳）よりずっと若いが、鷗外が主要メンバーの一人である文芸誌「スバル」の発行編集に関与していましたから、鷗外とはすくなくとも一九〇八年以来面識交流がありました[3]。大逆事件の公判は一九一〇年十二月十日からはじまるが、その十四日に鷗外が平出を与謝野寛とともに自宅に招いて夕食を供したことは、鷗外の日記にみえています。この時平出が、社会主義・無政府主義について鷗外より教示を受けたであろうことも、多くの研究者の指摘する通りでありましょう。同席した与謝野寛も「スバル」の関係者ですが、大逆事件の被告となって刑死した大石誠之助とは友人関係にあり、のち「誠之助の死」と題する詩を作って、非命にたおれた友を弔っています。この夜の主要な話題は大逆事件であったとみてよいでしょう。

このあとは、翌一九一一年一月二十八日の鷗外日記に「平出修に書を遺る」とみえます。

大逆事件被告人の死刑が終った三日のちのことですから、事件に関する内容の手紙を出したと解されます。

南北朝正閏論問題は、一九一一年（明治四四）一月十九日の読売新聞に出た「南北朝問題、国定教科書の失態」という社説が発端となって起こりました。大逆事件の判決があった日の翌日であるのは、単なる偶然といってすむことではないように思います。これも周知のように、足利氏の奉じた北朝と、後醍醐天皇以下の南朝とのどちらが正統かという問題ですが、野党が政府攻撃の具に利用したため、政治問題として深刻化しました。内閣はついにいずれが正統であるか、明治天皇の裁断を請うて事態を収拾し、文部編修の職にあった喜田貞吉を責任者として休職を命じたという次第であります。天皇の裁断は三月三日、喜田の休職は二月二十七日です。

この問題は、学問が政治によって左右された事件でありますが、鷗外の後援者であった山県有朋が甚だしく心痛し苦慮した点でも、鷗外の心を動かしたと思われます。[4]

一九一一年十月におこった辛亥革命については、翌年一月に「かのやうに」を発表するまでに鷗外がどれだけの知識を有していたか私にはわかりませんが、一九一一年十月十三日の日記に、

蔭。午後細雨。支那南部の乱新聞に出づ。

とあり、以後日本陸軍が「清国南北方へ各混成旅団一箇を派す」ことに関して、日記にしばしば記事がみえます。陸軍省医務局長の職務上のこともありましょうが、彼がこの中国の動乱に注意していたことは確かであります。

つぎに思想界の新しい動きのことですが、鷗外の関心の深い文壇では左のような動きがあります。

第一にさきにふれたように鷗外自身も関係している「スバル」ですが、一九〇九年（明治四二）一月に創刊、第二に武者小路実篤・志賀直哉らの「白樺」が一九一〇年四月に創刊、第三に一九一〇年五月に永井荷風の主宰する「三田文学」、第四に同年九月に谷崎潤一郎・和辻哲郎らの第二次「新思潮」がそれぞれ創刊されます。まさに文芸上の新時代の到来といえるでしょう。

内外のこのような情勢が、鷗外に「かのやうに」を書かせた原因でもありましょうが、アルス・オップという妥協の論理をもちだし、一見保守勢力のために危険思想に対処する策を講じているようにも思えるのは、現実に彼が新しい思想を受けいれがたく感じていたことに拠るのではないでしょうか。鷗外日記の一九一一年（明治四四）一月十八日の項に、

上野精養軒に昴と白樺との関係者会合す。（全集、三五巻、五一二頁）

とあります。鷗外がこの会合の招集者であるような書きかたです。この日は奇しくも大逆事

件判決の日ですが、志賀直哉の同日の日記にもこの会合のことが見えます。

夜精養軒でスバル、三田文学、新思潮の連中と集まる。気分合はず不愉快な一夕であつた。（中略）合同号を出すとかいふ事は立消えになつた。（全集、第一〇巻、四六八頁）[5]

以下、志賀はこの会合に出席した吉井（勇）・小山内（薫）・永井荷風・北原白秋らのことにふれていますが、たぶん出席したであろう森鷗外については一言も述べていません。鷗外と直哉は別世界の人であって、直哉は鷗外を無視したのでしょう。鷗外もまた直哉を理解しなかったのではないでしょうか。

少し余談になりますが、これから一年八ヶ月のちの一九一二年九月十三日に乃木希典が自殺した時、鷗外は感銘をうけて五日後に「興津弥五右衛門の遺書」を執筆しましたが、直哉は九月十四日の日記に、

乃木さんが自殺したといふのを英子からきいた時、「馬鹿な奴だ」といふ気が、丁度下女かなにかゞ無考へに何かした時感ずる心持と同じやうな感じ方で感じられた。（全集、第一〇巻、六三六頁）

と書いています。こうした直哉の感想を鷗外は受けいれることができなかったでしょう。

さて「かのやうに」の五条秀麿は神話問題にゆきづまって歴史の研究を進めるのに難渋しますが、そのモデルはなかったのでしょうか。まったく鴎外の創作した人物なのでしょうか。鴎外研究の専門家のあいだでどのような探究が行なわれているのか知りませんが、私は三宅米吉を想起せざるをえません。

三宅米吉の履歴を簡単に記すとつぎのようです。(6) 一八六〇年（万延元）、和歌山藩士三宅栄充の長子に生れ、一八七二年（明治五）東京に出て慶應義塾に入り、一八七五年退学。以後自学自修して和漢洋の学を修め、一八七六年より新潟英学校・千葉師範学校・東京師範学校で教鞭をとったが、一八八六年（明治一九）『日本史学提要』第一編を刊行、同年書肆金港堂に入り編輯所評議役となり、この年七月より教育事業視察のため米国に向い、それよりイギリスを経て、一八八八年（明治二一）一月に帰国した。一八九五年（明治二八）に至り、金港堂を辞し、高等師範学校教授に任官、以後ながくその教壇に立つが、東京帝室博物館との関係も深く、同じ一八九五年に学芸委員、一八九九年に鑑査委員、一九〇八年（明治四一）に評議員に任ぜられた。

「かのやうに」の発表された一九一二年までの三宅の略歴は以上のようであります。鴎外の履歴をこれにくらべてみますと、彼は一八六二年（文久二）の生れですから、二歳の年少、津和野藩士の長子として生れたという環境もよく似ています。東京大学医科大学卒業という学歴は三宅と大いにちがいますが、鴎外は一八八四年（明治一七）六月より一八八八年九月までドイツに留学していますから、その後半は三宅の欧米巡遊の期間と重なります。私は鴎外が三宅のことを直接知っていたことを示す史料をもちませんが、この類似に加えて明治四〇年代の日本史家で三宅ほど欧米の学芸にくわしい学者は少なく、鴎外もまた日本史と日本美術史に深い知識を有していたことを思いますと、鴎外が三宅の学問に関心と知識をもっていたことは、ほぼ確実と思われます。年譜によると、一九〇三年（明治三六）六月、鴎外は高等師範学校で「人種哲学梗概」という題の講演を行なっていますから、この時三宅と会見したかもしれません。(7)

この三宅米吉にとくに私が注目するのは、右にのべたほかに、彼が大きな抱負をもって着手した『日本史学提要』が第一編のみで中絶し、第二編以後が書かれなかったことであります。第一編の目次をみますと、第一章「本邦ノ位置気候等」よりはじまり、第二〜五章を「本邦太古人民ニ就テノ想像説」にあて、第六章「蝦夷及ビころぼくぐる」、第七章「太古ノ器物」という構成で、日本の歴史を人類学・言語学・考古学の知識をもって説きおこそうとする、当時としてはきわめて進んだ構想であったことがわかります。『日本史学提要』の「凡例」に二編より七編に至る間に取扱う予定の題目を掲げていますから、欧米視察ののちに書きつづけるつもりであったのでしょう。ところが続編はついに世にあらわれませんでした。

その事情について、三宅の高弟の一人肥後和男氏がつぎのように言われるのは[8]、はなはだ示唆的であります。

三宅は明治十九年に「日本史学提要」の第一巻を出し、専ら考古学的方法によつて日本文化の黎明期を照し出さうとした先覚者であるが、その続刊の計画はいかなる事情によつたかは不明であるが、遂に実現されなかつた。臆測すれば神話の取扱ひの十分なる自由がまだ認められなかつたためではないかと思はれる。

そして氏は三宅の神話観について、これにつづけてつぎのように補足しておられる。

その遺稿の中には成稿の年時は不明であるが「旧辞学」と題する一篇があつて、未定稿ながらも広く世界の諸民族の神話を比較して日本のそれに及んでゐる。彼がここで旧辞といふ言葉を用ひ神話といつてゐないのは、ある意味でその見識を示すものであらう。（中略）それは神話といふ言葉が訳語であるところから来る特定の概念規定をもつてゐることを避け、旧辞といふやうな何等さうした意味をもたない言葉にあてゝ、その自由な研究を試みようとする意図であつたかとも想像される。

三宅がいわゆる記紀神話を歴史と区別していたことは、推定してまちがいないでしょう。三宅のその考えは、二年の欧米視察のあいだにいっそう固まったと思われます。ところが彼が一八八八年（明治二一）に帰国してみると、日本の教育界・思想界の情況は変化していました。国家主義がいちじるしく台頭していたのです。

日本の学校教育の体制を国家主義的に組織したのは森有礼であるといわれますが、彼が伊藤博文に認められて文部大臣になったのは、一八八五年（明治一八）十二月で、翌年諸学校令や教育用図書検定条令を公布し、教育・学問を国家目的に従属させるよう手腕をふるいます。しかもそうした森有礼でさえ、彼のもつ開明性のために、一八八九年二月十一日、帝国憲法発布の当日に右翼の暴漢によって暗殺されます。三宅と鷗外が帰国した翌年であります。その帝国憲法には、「天皇ハ神聖ニシテ侵スヘカラス」と定めてあります。そして追いかけるようにさらにその翌年の一八九〇年十月に教育勅語が発布され、道徳も天皇の名によって規制されます。その次の年（一八九一年）の一月、第一高等中学校（旧制一高の前身）の講師内村鑑三は、教育勅語に礼拝しなかったとの理由で国家主義者の攻撃・迫害をうけ、学校を追われます。

このようなありさまでは、神話を批判し、考古学・人類学の知識を採りいれて、科学的な日本古代史を叙述することは、きわめて困難です。はたして、記紀神話を国際的な広い視野から検討し、神は想像のなかから生れたものであると論じた久米邦武の論文「神道ハ祭天ノ古俗」は、一八九二年（明治二五）にいたって保守的神道家の非難をうけました。[9] 神道家た

ちは文部省・内務省を動かし、久米は同年三月に帝国大学教授の職を失ないます。久米は右の論文で、

万国の発達を概見するに、祭天は人類襁褓の世に於て、単純なる思想より起りたる事なるべし。(中略)必ず彼の蒼々たる天には此世を主宰する方のましまして、我々の禍福を降し給ふならんと信じたる、観念の中より神といふ者を想像し出して崇拝をなし、攘災招福を禱り、年々無事に需用の物を収穫すれば、報本の祭をなすことを始めたるなり。何国にても神てふものを推究むれば天なり、天神なり。(中略)伊勢三輪両神宮の起りは此の如し。皆天を祭るなり。

と述べています。おそらく三宅も、基本的にはこれに類する考えをもっていたのでしょう。
　こうした思想界、教育界およびこれに対する政界の動きをみて、三宅は『日本史学提要』を書きつぐ筆を折ったのでしょう。それでもなお彼は日本古代史の研究をつづけ、高等師範学校の教壇に立って、日本史を講じました。三宅がファィヒンゲルの「かのやうにの哲学」を知っていたかどうか私にはわかりませんが、鷗外におとらぬ明晰な頭脳と広い視野をもつ彼のとりうる立場は、「かのやうに」の外にはなかったのではないでしょうか。私がいろいろの点でお世話になった山根徳太郎先生は三宅の愛弟子(まなでし)の一人で、大正の初年に東京高等師範学校を卒業せられたかたでありますが、その回想記(10)によりますと、大正の中ごろ三宅に座

右の銘を求めたところ、数年のちにつぎの文字を記した一軸をおくられたそうです。

謙退保身、安詳処事、涵養待人、灑脱養心、

実際、この書は表具されて、山根先生の京都のお宅の座敷にかかっていました。

鴎外が三宅を五条秀麿のモデルにしたかどうかはわかりませんが、秀麿のモデルがあったとすれば、思想の点では三宅がもっともそれにふさわしい人物であると思います。「神道ハ祭天ノ古俗」を書いた久米が、東京大学を退き、のち早稲田大学の教授として終ったのに対し、三宅は一九二〇年（大正九）に東京高等師範学校校長となり、一九二二年にはこの年七月に没した鴎外のあとを受けて帝室博物館長を兼任、宮中顧問官に任ぜられ、一九二九年（昭和四）に東京文理科大学の初代学長になります。まことに「かのやうに」くらい、「安全な、危険でない思想はない」の感を深くします。

4

しかしもちろん、久米邦武のほかにも「かのやうに」の哲学を奉ぜず、日本古代史の真実を追及した学者も何人かおりました。津田左右吉がそのもっとも優れた一人であることは申すまでもありません。

津田は「かのやうに」が発表される前年である一九一一年五月八日—大逆事件発覚の約半月前—の日記に、つぎのように記しています。

例の文部大臣（小松原英太郎—筆者註）は、どうしたら祖先崇拝の風を維持することができるかといふ問題を教育屋仲間へ提出したさうである、おれが教育屋の小僧であつたならばかう答へる、最もよい方法は、親よりは子、子よりは孫と次第劣りに馬鹿にしてゆくことである、先祖になればなるほどえらい人であるならば、誰でも先祖を尊敬するに違ひない、これができぬならば、第二の策がある。それは世の中をひっくりかへして、封建制度、世襲制度の社会に後もどりをさせることである。「親のおかげ、先祖のおかげで食べていかれる」といふ考を起させるにはこれが一番である。さうしてさういふ考があれば、屹度、祖先を尊敬する、もし、また以上の二策ができない相談だとすれば最後に一策がある、それは、個人の人格を立派にすることである、（中略）但し此の最良の方法は忠孝屋にはお門ちがひの献策であらう、（全集第二六巻四七二頁）[11]

津田の反骨を示す文章です。この時三九歳、満鉄東京支社の研究員でした。鷗外より一一歳の年少です。彼は恐れることなくこれ以後も「かのやうに」ではなく、「神話と歴史とをはっきり考え分け」「先祖その外の神霊の存在」を疑問とする、危険な方向へ進んでゆきます。彼の最初の著書である『神代史の新しい研究[12]』が刊行されるのは、それから二年のちの一九一三年（大正二）のことです。

この著書を手はじめとして、津田は精力的に日本史および日本古代史に関する著述をつぎつぎに公けにします。一九一六年（大正五）から一九一八年にかけて、『文学に現はれたる我が国民思想の研究』（貴族文学の時代）、同（武士文学の時代）、同（平民文学の時代上）、一九一九年に『古事記及び日本書紀の新研究』、一九二一年（大正一〇）に『文学に現はれたる我が国民思想の研究』（平民文学の時代中）、一九二四年に『神代史の研究』および『古事記及日本書紀の研究』等々であります。以下は省略しますが、これらの著作における津田の記紀研究は、記紀の神代巻の記述や、およそ五、六世紀ごろまでの記紀の記述は、その時代の歴史事実を反映した部分はきわめて少なく、天皇を頂点とする日本国家が成立して以後、その体制をまもる立場から述作された部分が多い、ということを明らかにしたものといえましょう。一九三〇年代の著作では、この考えかたは七世紀中葉にまで及ぼされています。明治以後における日本古代史研究のもっとも優れた業績の一つといってよいと思います。

戦後になってからですが、実証を重んずる穏厚な古代史家坂本太郎氏は、津田の業績をつぎのように評価しています。[13]

一言にしていうと博士の学問的態度がいかなる場合にも強い合理性で一貫していたということであろう。（中略）このような合理的態度がもっともいちじるしい成果をあげたの

> は、記紀二典の文献批判にもとづく日本古代史の研究であった。（中略）博士は綿密な本文研究の結果、古代における史料遺伝の状態、二典編修の由来などを明らかにし、その記事の多くの部分は歴史的事実の記録でもなく、古くから伝わった伝説でもなく、文筆家があとから構想したものであるという結論に達したのである。これによれば記紀によって構成される古代史は空中楼閣である。古代史ははるか後世の確実な事実の知られる時代から始めねばならぬことになる。それはまさしく古代史のコペルニクス的転回を意味するものであった。

坂本氏の師、黒板勝美はながく東京大学の国史学主任教授をつとめ、政界・財界につながり深く、学界の大御所的存在であった学者ですが、一九三二年（昭和七）に出版した著書『更訂国史の研究、各説上』のなかで日本古代史の研究史を述べ、

> 其の後神代史の研究に独自の見解を発表せられた津田左右吉博士は、その神代史の新しい研究及び神代史の研究なる著書に於いて、記紀の神代巻をば或る時代の人の作為の物語と考へた大胆なる前提から研究を起して居られる。（中略）兎に角津田博士の著書は最も忌憚なく神代のことを論ぜられたものとして、神代史の研究者に必ず一読することを薦める。

と言って、津田の研究を推賞しています。

黒板について申し添えますが、晩年には正三位勲二等の「栄誉」をうけた彼も、若いころは進歩的な研究者でありました。マルクス主義歴史学者羽仁五郎氏の夫人説子さんの回想[14]によりますと、一九三三年に黒板は説子さんにつぎのように言ったということです。

ねえ、おくさん、私も若いころは羽仁君のようにあばれものだった。堺枯川とエスペラント運動をしたのですよ。あれはずいぶん熱心にやったなあ、国史におしこめられる前には、国際的なものを考えていた黒板だ。

黒板もまたある時期から「かのやうに」の哲学に韜晦して、東大名誉教授となり、日本考古学会会長になったのでしょう。しかし、まっしぐらに真実を追及した津田には、やがて危難がふりかかります。

津田に対する公然たる攻撃は、国家主義者蓑田胸喜のひきいる『原理日本』の一九三九年(昭和一四)十二月号にはじまるようです[15]。向坂逸郎編『嵐のなかの百年』(勁草書房、一九五二年)によると、この雑誌は臨時増刊と銘うち、「皇紀二千六百年奉祝直前に学界空前の不祥事件！　津田左右吉の大逆思想」という表題をかかげ、三井甲之・蓑田胸喜の二論文に全巻をあて、津田に「日本精神東洋文化抹殺論に帰着する悪魔的虚無主義の無比兇悪思想家」という悪罵を浴びせています。

同月、蓑田らは津田を裁判所に告発し、東京刑事地方裁判所はこれを受けて翌一九四〇年三月に、津田と津田の著書の出版者岩波茂雄を出版法違反の罪名で起訴しました。また政府はその前月（二月）に津田の四著書（『古事記及日本書紀の研究』『神代史の研究』『日本上代史研究』『上代日本の社会及思想』）を発売禁止の処分に付しています。[16] 裁判の経過は上述『嵐のなかの百年』や、家永三郎著『津田左右吉の思想史的研究』（岩波書店、一九七二年）の第五編「記紀批判への刑事弾圧と津田の対応」に詳しいので省略しますが、一九四二年五月に有罪の判決が下されました。津田は禁錮三ヶ月、岩波は同二ヶ月、ともに執行猶予二年というもので、その主要な理由は、「畏クモ神武天皇ヨリ仲哀天皇ニ至ル御歴代天皇ノ御存在ニ付疑惑ヲ抱カシムル虞アル講説ヲ敢テシ奉リ、以テ皇室ノ尊厳ヲ冒瀆スル文書ヲ著作シ」また「発行」したということにあります。

この判決に対し、検事・被告ともに控訴しましたが、どういうわけか時効の時間を過ぎるまで審理が行なわれず、時効が成立して公訴は自然消滅、すなわち免訴となりました。泰山鳴動して鼠が一匹も出ないという、まことに思いがけない結果です。裁判所の単なる不注意か、意識的なサボタージュか、私にはわかりませんが、家永氏の推測されたように[17]、天皇の尊厳にかかわる問題を公判廷で論議するのは支配権力のために得策ではない、と司法当局が考えたからでしょう。

しかし津田は一九四〇年に早稲田大学教授の職を辞しており、免訴になったからといって著書の発禁が解除されるわけでなく、研究を発表する場所もありませんでした。事実上、学者としての生命は奪われたに等しい状態におち入ったのです。

5

このような状態を経験した学者は津田一人でないことはいうまでもありませんが、そこまで行かなくても、津田の業績のような純粋に学問的な研究が弾圧を受けたことは、学問の自由に対するいちじるしい侵害であり、多くの研究者や編集者を消極的にし、卑屈にします。一罰百戒と申しますが、当局のねらいもそこにあったのでしょう。

家永三郎氏は一九三七年（昭和一二）に「天壌無窮の神勅文の成立について」という論文を書いて雑誌『歴史地理』に投稿したところ、校正刷が出た段階で編集者から論文の撤回を求められた体験をお持ちのよしです[18]。当局の忌諱に触れると、責任は発行関係者にも及びます。家永氏は累を先輩に及ぼしてはと思い、涙をのんで論文を撤回されたそうです。

この類のことは当時少なくなかったと思います。あえて禁を犯して投獄された人も、一人や二人ではなかったでしょう。羽仁五郎氏が逮捕されたのは古代史研究が直接の原因ではありませんが、学問の自由に対する弾圧によることはいうまでもありません。さきにあげた黒板の話は、羽仁説子さんが夫の救出のことで黒板さんにたのみに行ったとき、直接聞いたものです。渡部義通氏はマルクス主義歴史学の方法による日本古代史の開拓者でありますが、氏もまた一九四〇年に検挙投獄されています。氏の場合も古代史研究による逮捕ではなく、治安維持法違反の容疑ですが、学問・思想に対する圧迫であることに変りはありません。

こんなありさまですから、昭和一〇年代に研究の成果を発表しようとすると、いわゆる奴隷の言葉を使わねばならぬという情況が生れています。伊豆公夫氏は当時のことを戦後つぎのように回想しています[19]。

一九四一年から四五年までの終末の時代には、もう出版社による自主的な伏字などでは検閲が通らず、歩一歩奴隷の言葉に後退せざるをえませんでした。しかし、主観的には抵抗していたつもりでしたが、客観的には敗北であり、戦後私は深く反省し、自己批判をしました。

また藤間生大氏は、終戦の翌年に出版した著書『日本古代国家』(近藤書店)におさめた論文が戦争中に書かれたために「奴隷の言葉」を用いざるをえなかったことについて、つぎのように述べておられます(同書「あとがき」)。

私は数年来の努力のみのりを目前にして、言ひ知れぬ歓びにひたつてゐる。然しその歓びと共に、ある惨憺たる気持の横溢をいかんともしがたい。本書第三章に著しくみられる奴隷の言葉こそその原因である。しかも今本書の内容を省みるとき、奴隷の言葉は単なる言葉の問題にとどまらないで、本書の理論と考察の展開に著しい制約を与へてゐることに気づかざるを得ない。

やむをえなかったとはいえ、奴隷の言葉では真実を正確に表現できません。それは理論をゆがめ、思想をゆがめ、学問をゆがめてしまいます。といっても、奴隷の言葉を使わなければ、研究成果の発表ができません。それではやはり「かのやうに」の哲学を奉じなければならないのでしょうか。森鷗外は五条秀麿に、「僕は職業の選びやうが悪かつた。ぼんやりして遣つたり、嘘を衝いてやれば造做はないが、正直に、真面目に遣らうとすると、八方塞がりになる職業を、僕は不幸にして撰んだのだ」（全集第一〇巻七七頁）といわせているのを思いだします。

むすび

以上二、三の例についてみただけですが、戦前における日本古代史の研究は大きな制約があり、真実の追及がたいへんおくれていたことをお話ししたつもりです。

戦後、学問の自由は回復されましたが、少なくとも日本の古代史には後遺症がたくさん残っています。近年記紀史観の克服ということが叫ばれているのも、それを示しています。私自身、記紀批判の必要を説きながら、記紀史観から全く自由であるとはいえないように思います。まだまだ相互に批判しあい、学問をきたえて行かねばなりません。はじめに申したように、日本古代史はまだ十分に成熟していないのです。しかもなお政府は、教科書検定の名において、記紀史観、「かのやうに」史観の温存を強制しようとしています。

今回は教科書検定の問題にふれる余裕はありませんが、学問・思想の自由をまもり、日本古代史の真実を明らかにするために努めたいと思います。ご清聴ありがとうございました。

註

（1）一九七二年（昭和四七）版、岩波書店。

（2）中野重治『鴎外　その側面』筑摩書房、一九五二年。なお「かのやうに」が、「小生ノ一長者ニ対スル心理状態ガ根調トナリ居リ」（山田珠樹宛書簡）という鴎外の言葉は有名である。ここにいう「一長者」は山県有朋であろうが、山県に危険思想に対する策を知らせるために「かのやうに」が書かれたとする考えは取らない。この小説のなかで山県にあたるのは父の五条子爵であって、鴎外は「山県の考え方にはついてゆけないという両者の乖離の状態」を示したとする吉野俊彦氏の説（『あきらめの哲学―森鴎外』ＰＨＰ研究所、一九七八年）に教えられた。

（3）『定本平出修集』（春秋社、一九六五年）所収の「平出修年譜」による。

(4) 向坂逸郎編『嵐のなかの百年』(勁草書房、一九五二年)によると、山県は問題の経過を聞いた時、「非常に驚いて『桂は何をして居る』と激昂し、極度に感情を刺戟され、興奮のあまり全身に痙攣を起した」という。
(5) 一九七三年(昭和四八)版、岩波書店。
(6) 日本考古学選集1『三宅米吉集』(木代修一編、築地書館、一九七四年)所収の「略年表」および山根徳太郎「三宅米吉博士の人と学」(『古代学』一巻四号、一九五二年)による。
(7) 全集三五巻に収める「明治三十一年日記」をみると、東鑑を読み(一月二十一日その他)、希臘神史を研究し(二月二十三日その他)、大村美術叢書の発刊に関係する(一月二十九日)などのほか、日本史・美術史に関する書籍を多量に購入している。
(8) 肥後和男『日本神話の歴史的形成』(人文書林、一九四八年)七頁。
(9) 明治文学全集『明治史論集(二)』(松島栄一編、筑摩書房、一九七六年)所収の「解題」および『嵐のなかの百年』(前掲)参照。
(10) 山根徳太郎『難波の宮』(学生社、一九六四年)二四七頁。
(11) 岩波書店版、一九六五年。なお一九一一年五月は桂内閣の時期である。
(12) 津田はいわゆる記紀神話のことをいう場合、おおむね「神代の物語」の語を用い、神話とは言わない。三宅が「旧辞」の語を用いて神話と言わなかったのと同様な理由によるのであろう。
(13) 坂本太郎「津田左右吉博士の人と業績」(『菅公と酒』東京大学出版会、一九六四年)。初稿は一九六二年発表。
(14) 羽仁説子『妻のこころ―私の歩んだ道―』(岩波書店、一九七九年)七八―七九頁。

(15)　家永三郎『津田左右吉の思想史的研究』(本文に後述)および向坂逸郎編『嵐のなかの百年』(前述)による。なお同じ年(一九三九年)、津田は東大法学部の東洋政治思想史の講義を依嘱され、同年十月下旬から東大に出講したが、年末終講の際、右翼の学生らが質問と称して、津田に政治的攻撃を加えて夜に至ったことが右の両書に述べられている。

(16)　家永三郎氏は岩波雄二郎編『岩波書店五十年』(岩波書店、一九六三年)によって、一九四〇年二月に発禁となったのは「古事記及日本書紀の研究」「神代史の研究」「上代日本の社会及び思想」の三冊とされるが(上掲書三七九頁)、「日本上代史研究」も発禁になった(岩波書店版『近代日本総合年表』一九六八年による)。『岩波書店五十年』は、「日本上代史研究」と、戦後刊行された「日本上代史の研究」とを混同しているのではあるまいか。

(17)　家永三郎『津田左右吉の思想史的研究』四〇二頁。

(18)　家永三郎『一歴史学者の歩み〈新版〉』(三省堂、一九七七年)一〇三―一〇四頁。

(19)　伊豆公夫『〈新版〉日本史学史』(校倉書房、一九七一年)二五九頁。

〔後記〕本稿は日本学術会議の学問・思想の自由委員会主催の会で、一九七九年六月三十日に「日本国家成立史の研究と学問の自由」と題して行なった講演の内容を手控をもとにして、書き直したものである。

二　森鷗外は天皇制をどう見たか
—『空車』を中心に—

I

森鷗外は一九一六年（大正五）四月、一八八二年（明治一五）以来三四年勤めた陸軍省を退職して在野の人となる。本稿で取上げる『空車』という作品は、一九一六年四月二十三日に脱稿したことが鷗外の『日記』でわかるが、退職の辞令を受領したのが四月十三日である（『日記』による）から、その一〇日のちのことである。起稿したのはこの作品が比較的短いことから言って、辞令受領以後のことに違いない。

ということは、『空車』は鷗外が軍を退いて自由の身になってからの最初の作品であることを意味する。「多くの鷗外研究家が」「陸軍引退直後の鷗外の心境を」この「文章の中からどのように汲みとるかについて」「いろいろの角度から論及してきた」と、自分も鷗外研究家の一人である吉野俊彦が自著『虚無からの出発—森鷗外』で述べているのは、妥当なところである。

しかしこれにつづけて、この作の標題になり主題になっている『空車』が、「多年の官職の重荷を下して空になった我身の似姿」（傍点は直木）であるとする小堀桂一郎のみかたが現在通説のようになっており、吉野も賛同して、「小堀桂一郎の見方に文句がないであろう」というのはいかがであろうか。たしかに吉野のいう通り、それが通説となっているのはあとでも述べるように事実と思うが、私には異論がある。しかしそれについて述べるまえに、問題となる『空車』の原文をかかげ、『空車』についての鴎外の説明を読者に確認していただきたいと思う。（註　鴎外の作品としての『空車』は『空車』と記し、議論の対象としての『空車』は「空車」と記し、時には括弧をつけないこともある。また、鴎外の原文は、総ルビであるが、ここにはルビを適宜省略した。）

『空車』　上

むなぐるまは古言(こげん)である。これを聞けば昔の絵巻にあるやうな物見車(ものみぐるま)が思ひ浮(うか)べられる。

総て古言はその行はれた時と所との色を帯びてゐる。これを其儘に取つて用ゐるときは、誰も其間に異議を挟むことは出来ない。しかしさうばかりしてゐると、其詞の用ゐられる範囲が狭められる。此範囲はアルシヤイスムの領分を限る線に由つて定められる。そして其詞は擬古文の中にしか用ゐられぬことになる。

これは窮屈である。更に一歩を進めて考へて見ると、此窮屈は一層甚だしくなつて来る。何故であるか。今むなぐるまと云ふ詞を擬古文に用ゐるには異議が無いものとする。ところで擬古文でさへあるなら、文の内容が何であらうと、古言を用ゐて好いかと云ふに、必ずしもさうで無い。文体にふさはしくない内容もある。都の手振だとか北里十二時だとか云ふものは、読む人が文と事との間に調和を闕いでゐるのを感ぜずにはゐない。此調和は読む人の受用を傷ける。それは時と所との色を帯びてゐる古言が濫用せられたからである。

しかし此に言ふ所は文と事との不調和である。文自体に於ては猶調和を保つことが努められてゐる。これに反して仮に古言を引き離して今体文に用ゐたらどうであらう。極端な例を言へば、これを口語体の文に用ゐたらどうであらう。

文章を愛好する人は之を見て、必ずや憤慨するであらう。口語体の文は文にあらずと云ふ人は姑く置く。これを文として視ることを容す人でも、古言を其中に用ゐたのを見たら、希世(きせい)の宝が粗暴な手に由つて毀(こぼ)たれたのを惜(おし)んで、作者を陋(ろう)とせずにはゐぬであらう。

以上は保守の見解である。わたくしはこれを首肯(しゆかう)する。そして不用意に古言を用ゐることを嫌(きら)ふ。

しかしわたくしは保守の見解にのみ安住してゐる窮屈に堪へない。そこで今体文を作つてゐるうちに、ふと古言(こげん)を用ゐる。口語体の文に於(おい)ても亦恬(またてん)としてこれを用ゐる。著意(ちやくい)して敢て用ゐるのである。

そして自分で自分に分疏(いひわけ)をする。それはかうである。古言は宝である。しかし什襲(じつしふ)してこれを蔵(ざう)して置くのは、宝の持ちぐされである。縦(たと)ひ尊重して用ゐずに置くにしても、用ゐざれば死物(しぶつ)である。わたくしは宝を掘り出して活(い)かしてこれを用ゐる。わたくしは古言に新(あらた)なる性命(せいめい)を与へる。古言の帯びてゐる固有の色は、これがために滅びよう。しかしこれは新(あらた)なる性命に犠牲を供(きよう)するのである。わたくしはこんな分疏(いひわけ)をして、人の誚(そしり)を顧みない。

下

わたくしの意中に言はむと欲する一事があつた。わたくしは紙を展べて漫然空車と題した。題し畢つて何と読まうかと思つた。音読すれば耳に聴いて何事とも辨へ難い。然らばからぐるまと訓まうか。これはいかにも懐かしくない詞である。その上軽さうに感ぜられる。痩せた男が躁急、挽いて行きさうに感ぜられる。此感じはわたくしの意中の車と合致し難い。そこでわたくしはむなぐるまと訓むことにした。わたくしは著意して此古言の帯びてゐる時と所との色を奪つて、新なる語としてこれを用ゐるのである。そして彼の懐かしくない、軽さうに感ぜさせるからぐるまの語を忌避するのである。

空車はわたくしの往々街上に於て見る所のものである。此車には定めて名があらう。しかしわたくしは不敏にしてこれを知らない。わたくしの説明に由つて、指す所の何の車たるを解した人が、若し其名を知つてゐたなら、幸に誨へて貰ひたい。

わたくしの意中の車は大いなる荷車である。其構造は極めて原始的で、大八車と云ふものに似てゐる。只大きさがこれに数倍してゐる。大八車は人が挽くのに此車は馬が挽く。

此車だつていつも空虚でないことは、言を須たない。わたくしは白山の通で、此車が洋紙を梱載して王子から来るのに逢ふことがある。しかしさう云ふ時には此車はわたくしの目にとまらない。（傍線をほどこしたのは直木）

わたくしは此車が空車として行くに逢ふ毎に、目迎へてこれを送ることを禁じ得ない。車は既に大きい。そしてそれが空虚であるが故に、人をして一層その大きさを覚えしむる。この大きい車が大道狭しと行く。これに繫いである馬は骨格が逞しく、栄養が好い。それが車に繫がれたのを忘れたやうに、緩やかに行く。馬の口を取つてゐる男は背の直い大男である。それが肥えた馬、大きい車の霊ででもあるやうに、大股に行く。此男は左顧右眄することをなさない。物に遇つて一歩を緩くすることをもなさず、一歩を急にすることをもなさない。旁若無人と云ふ語は此男のために作られたかと疑はれる。

此車に逢へば、徒歩の人も避ける。騎馬の人も避ける。貴人の馬車も避ける。富豪の自動車も避ける。隊伍をなした士卒も避ける。送葬の行列も避ける。此車の軌道を横るに会へば、電車の車掌と雖も、車を駐めて、忍んでその過ぐるを待たざることを得ない。

そして此車は一の空車に過ぎぬのである。

わたくしは此空車の行くに逢う毎に、目迎へてこれを送ることを禁じ得ない。わたくしは此空車が何物をか載せて行けば好いなどとは、かけても思はない。わたくしが此空車と或物を載せた車とを比較して、優劣を論ぜようなどと思はぬことも、亦言を須たない。縦ひその或物がいかに貴き物であるにもせよ。

以上が鴎外の『空車』の全文である。

2

読めばわかる通り、鴎外の『空車』は上・下の二部から成り、上では『空車』という古言（古語とほぼ同意であろう）を現代の口語体の文のなかで用いる理由を説明する。「空車」は古語で口語体の文とは調和しないから用いるべきでないという意見があり、それも道理であるが窮屈である。自分は著意して（気をつけて）口語体の文にも用いる、というのである。

下では、はじめに「空車」を「からぐるま」と読まないで、「むなぐるま」と読むわけを記す。そしてそのわけは、「からぐるま」という訓みは、懐かしくない詞である上に、軽そうに感じられるので、これを忌避して「むなぐるま」と訓むのだという。しかし私見では、「からぐるま」と訓むと、「唐車」という中国風の車の意味となって、「空車」の訓みとしてふさわしくないからであろう。鴎外はどういうわけか、この点を無視している。

それはさておき、鴎外は現在でも空車に逢うことがあるとし、背のまっすぐな大男に口を取られた逞しい馬の牽く空車が、大道狭しと行くさまを描写する。その部分が「空車」というこの短文の眼目のように思えるので、鴎外の文を要約して引くと、つぎのようである。馬の口を取る男はわき目もふらず、傍若無人に大道を行く。この車に逢えば、徒歩の人も、騎馬の人も、貴人の馬車も、富豪の自動車も、隊伍を整えた軍人も、葬送の列も、これを避ける。この車に逢えば軌道を走る電車も止まる。鴎外自身も「目迎(めむか)へてこれを送る」――敬意を表して見送る――。

そして最後につぎの感想をつけ加える。わたくしはこの空車（からっぽの車）が何か他の物を載せて行けばよいとは少しも思わない。その空車は何かの物を載せた車と優劣を比較しようとは思わない、その物が「いかに貴きものにあるにせよ」という謎めいた文で終る。

ここでもとへ立ちもどり、『空車』についての諸家の説を前記の吉野俊彦の『虚無からの出発』によって、も少し紹介しておく。まず唐木順三であるが、彼は鴎外が実用主義から訣別して、『渋江抽斎』以下のいわゆる史伝ものに没頭する覚悟を述べたものとする（『渋江抽斎』の「渋」は、鴎外の原文では、「澁」の本字を用いるが、字画が複雑で、私の老衰した目では読みにくいので、普通に用いられている「渋」の字を用いる。読者の了解を請う）。実用主義からの訣別というのは、社会や文壇・論壇などの要望にこたえる作品を書いて、学者・文学者としての自分の地位や名声を高めるような仕事をしないことを言うのであろう。実際、一九一六年（大正五）

五月に『空車』を書いて以後、『渋江抽斎』『伊沢蘭軒』『北条霞亭』など長編の伝記を書くのであるが、一九一六年一月に起稿した『渋江抽斎』は別として、他の二編ははなはだ地味な作品で、えがかれる人物の伝を明らかにするための細密な考証が延々と述べられ、『伊沢蘭軒』は一九一六年六月から翌年九月まで、『北条霞亭』は一九一七年十月から一九二一年（大正一〇）十一月まで、主として新聞に掲載、それを歓迎する読者は多かったとは思われない。そういう世評をものともしないで、作品の述作に邁進する決意を、鷗外は『空車』で示したのであって、唐木は「取憑かれた人のみのもつ美しい姿がある」とする（唐木著『森鷗外』一九四九年）。

こうした唐木や拙論の冒頭に述べた小堀・吉野などの説が一般に受けいれられているようである。つぎに記す吉田精一の説（筑摩書房版『森鷗外全集』第五巻解説）は、上掲の吉野の著書からの孫引きであるが、ほぼ同様の考えであると思われる。

鷗外は世人から見れば「空車」と思われるような史伝を、非常識と責める多くの悪罵に耐えながら、「傍若無人」の態度で書き続けた。

その他、管見にはいったものを二点、つぎにあげる。その一つは高橋義孝著『森鷗外』（『現代作家論全集1　森鷗外』一九五七年）の説で、鷗外が一九一六年四月十二日予備役に編入されたことを記したつぎに、「四月二十三日に『空車』を草した。これは軍人としての、官吏としての生涯をおわって、自嘲の気味をもふくめた鷗外晩年の逸品である」とある。

その二は、山崎一顆（かずひで）の説である。この説は上記の諸家の説とはややことなり、『空車』執筆の意図を陸軍を辞したあとの、自分の就職という観点から解説している。しかし、

『空車』では左顧右眄せず、我が道を行く決心を表明する。

と記し、馬の口を取って空車を牽く男を自分、すなわち鷗外に擬している、すなわち自分の似姿とする点は、上記の諸家と変らない。

3

以上に述べたように、『空車』は、世評を無視して『渋江抽斎』以下の史伝ものの著述に没入する確乎たる覚悟を披露したものとする小堀・唐木や吉野の説が有力である。自嘲の生涯をふりかえった作品とする高橋や、陸軍省退職後の就職問題も考慮に入れた作品と解説する山崎の説などもあるが、左顧右眄せず、我が道を行く男が鷗外であるとする点に変りはない。

しかし空車を牽く馬の口を取る背の直（すぐ）い（上体をまっすぐにし、上背のある）大男を鷗外とみるのはいかがであろうか。大正五年四月に陸軍を退官した鷗外は満五四歳で、当時の観念で

はすでに老齢である。それ故に退職するのである。そして六年後の一九二二年（大正一一）七月に病没する。病名は萎縮腎と考えられていたが、第二次大戦後、鷗外の長男で医者の於菟が明らかにしたところでは、鷗外は早くから結核に冒されていたという。吉野俊彦は明治四十年代には相当進行していただろうと推測している（『虚無からの脱出─森鷗外』）。鷗外も無論自分の病歴は承知している。そうした鷗外は、大きな空車を牽く馬の口を取り、左顧右眄せず大股に行く「大男」にふさわしくない。わたくしは鷗外の晩年の体格は知悉しないが、この「大男」を鷗外にあてる説に疑問を持つのである。

もちろん、この疑問についてはつぎのような反論があり得る。『空車』は鷗外の胸中に生れた作品である。鷗外を大男とする虚構は十分許されると反駁されれば、それまでかもしれない。

しかし、この大男の牽く「空車」に逢えば、徒歩の人はもちろん、貴人の馬車も、富豪の車も、軍隊の行進する隊伍まで、これを避けるというのはどうであろうか。史伝ものの執筆に専念するという鷗外の決意を示す「空車」を、貴人・富豪はもちろん、軍隊まで避ける、つまり敬意を表する、というのは、あまりおおげさではなかろうか。男の牽く「空車」というのは、もっと別なものを意味する、より大きな力を持つものの象徴なのではあるまいか。

私とちがう立場からではあるが、馬の口を取って空車を進める大男を鷗外とみる通説に反対する論者の一人に、作家の松本清張がある。松本は通説のうち、『空車』を鴎外の自嘲の作品とする前掲の高橋義孝の説を取りあげ、空車が原始的な大八車に似ているのはともかく、馬の口を取る男が傍若無人というのは、「自嘲」と一致しない。またこの空車に逢えば、貴人の馬車、富豪の自動車、隊伍を組む士卒、葬送の行列もこれを避けるというのは奇妙だ、さらにまた鴎外は、『空車』執筆以後、史伝ものだけを書いたのではなく、それ以外の作もあり、とくに『帝謚考』はすぐれた考証であって、『空車』が「自嘲」とはとうてい思えない、と論じ、馬の口を取って車を導いていく大男は、「この時期（大正五年ごろ）、目ざましく活躍して、世も「清新な文学運動として大いに迎えていた白樺派の先頭に立つ武者小路実篤であろう」とした。そして馬の口をとっている男が左顧右眄することなく、「傍若無人であるというのは、武者小路の楽天的で、自信過剰な野放図な文章にたとえられる」とする（以上、松本『両像・森鴎外』文藝春秋）。なるほど馬の口を取る男の態度は武者小路の文章にたとえることができるという批評は当っているかもしれないが、松本自身のいうようにそれは文学運動上のことであって、社会の一部に影響があったとしても、社会全体に影響を与えるほどのものではない。白樺派の思想は社会運動・労働運動とは関係なく、貴人や富豪の地位を脅かすものではなく、まして軍隊が白樺を恐れて避けるとは思われない。葬送の行列とも全く無関係である。

松本は、鷗外の『日記』の明治四十五年(一九一二)四月二十四日の条を引いて、陸軍大将乃木希典は鷗外に、白樺派には気をつけたがいいと言ったとしているが、『日記』の原文は「白樺諸家の言論に、注意すべきことを託す」であって、私が別稿『武者小路実篤と乃木希典』のなかで論じたように、「注意すべき」は「警戒せよ」の意味ではなく、前後の関係からすれば、乃木は自分が院長を務める学習院出身の若い者(または在学生)たちが危険な道に踏みこまないように善導してやってほしいと、文学界のようすに詳しい鷗外に頼んだものと解釈すべきである(直木「武者小路実篤と乃木希典」『新しき村』二〇一一年八月号、本書I—二に収める)。

松本は「(大男が馬に牽かせてゆく車は)空車だから何物も載せていない。武者小路や白樺派がトルストイだの人道主義による社会の理想化だのといっても、かれらとトルストイとは何の関係もない。人道主義も空(から)まわりの観念にすぎない。逢うごとに目迎えてこれを送るというのは、かかる白樺派を冷視冷笑して傍観しているということなのだろう」と批判するが、これも松本の見当違いである。

鷗外に『観潮楼閑話』という作品がある。観潮楼は一九〇七年に鷗外が自宅に増築した二階屋の名称である。『観潮楼閑話』は『空車』を書いた一九一六年五月の翌年の一七年一月の発表であるが、そこに、わたくしは文壇に何等の接触を有せない。余所ながら見れば今日(こんにち)のパルナッソスには『白樺』の人々が住んでいるやうである。

とある。パルナッソスはギリシャの山の名であるが、ギリシャ神話ではアポロンやミューズなどの芸術の神の住む所となっている。一九一六、七年のころ、鴎外は白樺に一種の敬意をもっていたとみるべきであろう。私は空車を牽く馬の口を取る男は、白樺派とくにその中心の武者小路であるとする意見は成立しないと思う。

4

以上に述べたように馬の口を取って空車を引く男の姿は、退職後、史伝の述作に専念する決心を抱く鴎外のそれではなく、また新しい文学を主張する白樺派の文士の姿でもない。空車は史伝の象徴でもなければ、人道主義文学の象徴でもない。別の観点から考え直すべき問題である。

この点について参考になるというより、私が啓発されたのは、池内健次の著『森鴎外と近代日本』の説である。池内は一九五四年に京都大学の哲学科を卒業したあと、一三年間、中学と高校の教師を勤め、そののち天理図書館に二四年間、司書の任にあたったという経歴で、天理図書館を退職して一一年目の二〇〇一年に上記の書を著した。学界ではほとんど無名である。また鷗外に関する著作もこれが初めてで、鷗外研究者としても知る人は、ほとんどない。折角の労作がまだ世に埋もれている状態である。私はふとした縁から池内君が京大に入学する以前から彼を知っており、鷗外研究をまとめて世に問うことをすすめ、前記の書が成ったときは序文を執筆したのだが、私の専攻する所は日本古代史で、近代の文学史・思想史の分野では無名であることは、池内と変らない。私の序文も、当然のことながら、池内の鷗外研究を世にひろめる役には立たなかった。その私の書いた序文のうち『空車』に関する部分を、若干書きあらためて、つぎに掲げる。

いうまでもなく鷗外は官吏であり、軍人であり、軍医として最高の地位陸軍省医務局長軍医総監となり、退官後も帝室博物館長、帝国美術院長等の要職に就き、家庭にあっては家長として振るまい、家族からも仕えられた。そのような経歴から「家族制度、家庭生活、官吏生活、すべてを貫いて鷗外は古いものを守ろうとする立場である」という中野重治の説は一般に受け入れられ、今まで鷗外論の多くはこの観点に立っていた。池内君は「基本的にはそれは誤りだ」という。理由は本書（池内『森鷗外と近代日本』）に詳論されているが、一例を挙げれば鷗外の晩年の作『空車』にみえる「空車」とそれを引く男についての論である。「空車」は史伝ものを書くという鷗外の決意の象徴ではなく、牽く男は鴎外ではない。もちろん人道主義の文学でも白樺派の武者小路でもない。空車は天皇制または天皇の象徴である。

これが池内君の解釈である。この車は傍若無人に大道を進み、徒歩者はもちろん、騎馬の人も、貴人の馬車も、富豪の自動車も、隊伍をなす士卒もこれを避ける。しかも進んで行くのは内容空虚の古車であるというのだから、池内説は正解であろう。目からウロコとはこのことである。

鴎外は礼儀や形式は社会の分裂・混乱を避けるために尊重するが、天皇制が形骸化していることを、はっきり見通しているのである。

鴎外は長く陸軍の高級官僚の地位にいたが、一九〇七年（明治四〇）に軍医としては最高の陸軍省医務局長兼軍医総監に任ぜられて、政治の実態にふれ、日本の政治が薩長を中心とする藩閥政府の実力者によって動かされていることをはっきりと知ったと思われる。天皇制支配は表面だけのことで、実際は形骸化されていたことを認識したに違いない。

いまでは広く知られていることだが、藩閥政府の最高の実力者の一人伊藤博文がつぎのように言ったことが、御雇外人教師のベルツの日記（岩波文庫『ベルツの日記』）の一九〇〇年（明治三三）五月九日の条に見える。

一昨日、有栖川宮邸で東宮成婚に関して、またもや会議。その席上、伊藤（博文、直木

註）の大胆な放言には自分も驚かされた。半ば有栖川宮の方を向いて、伊藤のいわく「皇太子に生まれるのは、全く不運なことだ。生まれるのが早いか、至るところで礼式（エチケット）の鎖にしばられ、大きくなれば、側近者の吹く笛に踊らされねばならない」と。そういいながら伊藤は、操り人形を糸で踊らせるような身振りをして見せたのである。――こんな事情を何とかしようと思えば、至極簡単なはずだが。皇太子を事実かいらいたらしめているこの礼式（エチケット）をゆるめればよいのだ。伊藤自身は、これを実行しようと思えば出来る唯一人の人物であるが、現代及び次代の天皇に、およそありとあらゆる尊敬を払いながら、何らの自主性をも与えようとはしない日本の旧思想を、敢然と打破する勇気はおそらく伊藤にもないらしい。

皇太子だけではない。天皇もまた藩閥政府の実力者――伊藤や山県有朋など――によっておどらされるかいらい――操り人形なのである。

しかしそれを口にすることは、当時の一般の人々には許されない。まして政府・軍部の職員にはきびしいタブーである。鴎外もいままで、そのタブーに触れることを避けてきた。『空車』でさきに傍線を施した部分（一九八ページ）は、そのことを暗示するのではなかろうか。その個所、つまり「此の車だつていつも空虚でないことは、言を須たない。……しかしさう云ふ時には此車はわたくしの目にとまらない」というのは、この空車もかつては権力を持つ天皇を載せることがあった。いまでも天皇を載せることがあるが、天皇は形骸化している。そうした天皇について語るわけにはいかない。見えなかったことにしなければならない、それが「此車はわたしの目にとまらない」と書いた本意であろう。

ではなぜ、そのように本心をかくした論説『空車』を鷗外は書いたのか。思うに多年陸軍の中枢部におり、陸軍だけでなく官界に大きな力をもつ山県有朋の側近にあった鷗外は、天皇の形骸化・かいらい化を見聞し、実感したに違いない。前述した東宮（皇太子）の操り人形化についての伊藤の所感は山県と共通するだろう。天皇の操り人形化は、おそらく明治天皇の時代にはじまり、大正天皇の時代に一層すすんだことと思われる。

このことを鷗外は何らかの形で書き残したいと、かねてから思っていたのであろう。一九一一年（明治四四）一月に天皇を暗殺しようとしたという理由で、事件と無関係の人を含めて一二人が死刑になった事件が起るが、それがその契機の一つではなかろうか。彼はこのとき『かのやうに』など数篇の論説を発表し、死刑一二人という判決のゆきすぎであることを論ずるとともに、天皇の神聖性に疑問を投じているが、天皇の形骸化にまでは及んでいない。天皇そのものにまでは筆は及んでいないのである。このとき鷗外はまだ現役の軍医であった。そこまで筆を延ばすことは憚られた。しかし一九一六年四月、いまは官を退いて野の人となった。もう一度天皇のことを論じようと考えたのであろう。

それとともに、これも池内の指摘するところだが、退職の前年の一九一五年十一月に京都で行なわれた大正天皇の即位式に参列したことが、『空車』という形で天皇を論ずる原因となったと思われる。主役の天皇は形骸化し、かいらい化しているのに、即位の大礼の古い儀式は堂々と典雅に行なわれる。その矛盾の大きさが鷗外の執筆の決意を固めさせたのであろう。しかし実際の執筆が退職後になったのは、在任中は天皇制の実情を筆にすることを躊躇させるものがあったのであろう。彼はきわめて用心深く筆を進めた。傍線を付した「此車だつていつも空虚でないことは、言を須たない。……しかしさう云ふ時には此の車はわたくしの目にとまらない」の句は、それを示している。もし彼の本心を見破る人があって、追求された時の逃げ道である。私はそういうことには気がつきませんでしたという逃げ口上である。

さきに大逆事件を背景にして『かのやうに』を書いたときは、ファイヒンゲルの「かのやうにの哲学」によって危険を避けようとした。それについて私はかつて次のように述べた。

神話は歴史ではない。神は事実ではない。それは明らかなことだが、それを認めると危険が生じる。それで神は存在するかのように、神話は歴史であるかのように取り扱って行こうというのであります。（中略）天皇の神聖性の根拠である神話を信じない。天皇に忠節をつくす義務を認めない。明治憲法体制のもとでこれほど危険な思想はありません。しかし「かのやうに」の哲学に従えば、天皇の神聖性は神話――なかんづく天照大神の天壌無窮の神勅——によって保証され、忠義はもっとも崇高な義務となります。「この位安全な、危険でない思想はないじゃないか」と鷗外は秀麿にいわせているのは、まことにもっともなことであります（直木「日本古代史の研究と学問の自由」『歴史評論』三六三号、一九八〇年七月、なお、本書二一六ページ付記参照）。

鷗外は『かのやうに』では、ないものをあるかのように見て危険を乗りこえようとした。『空車』では、あるものを見えないことにして、万一の場合に備えた。両者は対応していると考えられる。このことからも、『空車』が鷗外の心境や決意の象徴というより、天皇制にかかわる鷗外の考えを記したものと見るのが妥当であると思われる。

5

以上で私の言いたいことはおおむね終ったが、おわりに鷗外が『空車』を「草し終る」と書いたのが四月二十三日であるのに、公表されたのがなぜ二ヶ月余りのちの七月六日、七日の『東京日日新聞』『大阪毎日新聞』であったのかという問題にひとこと私見を述べておく。

吉野俊彦によれば、この問題を取りあげて重要な指摘をしたのは、長谷川泉であるという。長谷川は、鷗外の作品は完成後いくばくもなくして公刊されるのが常であるのに、この場合草し終ったのち発表されるまで二ヶ月余りかかっているのは、いかにも長すぎるという。そしてその遅延の理由は、引退後勅選議員として貴族院にはいることを陸軍が画策していたため、それを考慮した結果ではないかと推測する（『続森鴎外論考』）。

陸軍が鴎外の退職以前から鴎外の貴族院勅選議員となることを画策していたことは確かで、前年の一九一五年十二月六日付の石黒忠悳（ただのり）あて鴎外の書簡に、つぎのようにある。

御懇書只今拝読仕候。小生身上御知悉ノ上ニテ御心ニ懸ケサセラレ、上院占席ノ事向々へ御内話被下候趣、難有奉存候。縦令成就候トモ、邦家ノ為メ何ノ御用ニモ相立マシク、慚入候ヘドモ、御下命ノ上ハ直ニ御受可申上ハ勿論、一層言行ニ慎ミ、御推薦ノ厚誼ニ負キ候事無之ヤウ可仕候。（下略）

（註　句読点、送り仮名は、適宜直木が加えた）

宛先の石黒忠悳は、一八四五年生れの医学者で、一八七一年（明治四）兵部省に入り、一八九〇年に軍医総監となる。軍医としての鴎外の先輩で、鴎外の貴族院入りのために種々周旋してくれたことについての謝礼の手紙である。文中の「上院」はむろん貴族院のこと。

この書簡で目につくのは「一層言行に注意し」とあることである。貴族院入りの障害になるような言行は行なわないという意味であろう。そのため、『空車』の公表をさしひかえていたが、貴族院のことが不可とわかったので公表に踏み切った、そのため二ヶ月余りの日時がすぎたと見るのである。

では『空車』のどこが貴族院議員となるのに都合がわるいのか、公表を控えねばならぬような問題があるのか。多くの研究者のいうように『空車』が史伝ものに専念する鴎外の決意を示したものならば、なぜそれが貴族院議員となる障害となるのか。とくに鴎外の場合は貴族院勅選議員であるが、それは「国家ニ勲労アリ又ハ学識アル満三十歳以上ノ男子」が勅任されるのであって、官を退いた鴎外が専攻する学問に精進することが障害になるとは思われない。にも拘らず鴎外が発表を控えたのは、『空車』が天皇批判を含んだ作品であることを、当然のことながら鴎外が自覚していたからだろう。普通なら読者に気づかれにくいことだが、勅任議員に推薦されるとなると、最近の鴎外の作品は注意して読まれるだろう。中には『空車』に秘められた天皇制の批判に気づく人があるかも知れない。普通の就職とはちがって、勅選は天皇の勅命によって任命される議員である。さきに触れたように『空車』には逃げ道が作ってあるのだが、形式的であっても天皇が直接かかわるのが建前の人事である。どんな障害が生ずるかもしれない。

『空車』は、執筆の真意がすぐ分っては困るし、分る人が一人もなければ書いた意味がないという矛盾を持つ作品である。

これが『空車』の公表を鴎外がおくらせた理由であろう。繰り返して言うが、『空車』が史伝ものに専念することを表した作品や、まして武者小路実篤の姿を風刺したものなら、公表をおくらせる必要はあるまい。

以上が『空車』の解釈についての通説及び松本（清張）説に反対する理由の補足である。

〔付記〕本書の一六六ページ以下に引用した拙稿「日本古代史の研究と学問の自由」は、『歴史評論』三六三号（一九八〇年）に発表したものであるが、講談社「学術文庫」の『日本神話と古代国家』（一九九〇年）にも載せた。

拙稿「森鷗外は天皇制をどう見たか」補正

私はさきに「森鷗外は天皇制をどう見たか」という拙文を発表したが、拙文執筆のときから気になっていたことが一つ、発表後読者より教示を得た点が一つ、この拙文における鷗外の主張のうちの主要な所を、私の誤解のために気がつかなかった点が一つ、計三点について本稿で私見を述べる。

さらにご教示を得ることができれば、幸いである。以下「前稿」というのは、前記の拙文をさす。

I

気になっていたところは、空車を牽く馬の口を取る骨格たくましい男のことである。鷗外は『空車』で、その男をつぎのように描写する。

> 馬の口を取つてゐる男は背の直(すぐ)い大男である。(中略)此男は左顧右眄(さこうべん)することをなさない。物に遇つて一歩を緩(ゆる)くすることをもなさず、一歩を急にすることをもなさない。旁若無人と云ふ語は此男のために作られたかと疑はれる。

この背の高い、傍若無人に空車を牽く馬の口を取って悠々と歩む男にはモデルがあると思われるが、だれであろうか。鷗外の研究者には、前稿で述べたように鷗外自身であろうとする意見が多く、それ以外では白樺派の作家の中心人物であるとする松本清張の説があるが、いずれも適当と思われないことも前稿で述べた。私は心中ひそかにそれは鷗外の庇護者であり、また当時の政界・官界に大きな勢力をもつ山県有朋ではないかと考えていたのであるが、山県が「空車」に描かれているような大男であったかどうかがわからず、私見を述べることを控えていた。しかしその後、もしやと思って京都大学教授伊藤之雄の著『山県有朋』（文春新書、二〇〇九年二月）を読んでみた。新書判であるが、四七六ページの大冊である。すると私の勘があたって、その二二一ページに彼の四八歳の時のこととして次のような記述があった。

山県は身長が五尺六寸五分（約一七一、二センチメートル）もあり、当時としては非常な長身で、軍服もフロックコートも和服も風采が引き立った（『元帥公爵山県有朋』七一三―七一五頁）。

一八三八年（天保九）八月生れの山県は、『空車』が書かれた一九一六年五月には七七歳九ヶ月になっており、身長は一、二センチ低くなっていたかも知れないが、堂々たる体躯・姿勢を維持していたにちがいない。

彼は一九一三年（大正二）夏、前年の一九一二年十二月から翌一三年二月にわたる大正政変（憲政擁護運動による）のため、山県系の桂太郎内閣が倒れるという事件の疲れで、体調を崩し、京都の別荘無隣庵や小田原の別荘古稀庵で静養していたが、一九一四年には健康を回復し、その三月に東京で元老会議に出席し、これを主導している。そしてかねてからの願望であった陸軍二個師団増設の意志を固め、師団増設に反対する政友会に対立する大隈重信と手を組む。健康を回復するとともに政治活動も再開するのである。

大隈は一九一四年四月に成立した内閣の首相である。大隈内閣は一九一四年七月に起った第一次世界大戦において、日英同盟を理由にイギリス・フランスなどの連合国側に加わって、一四年八月、ドイツに宣戦を布告、同年十一月にドイツが勢力を持つ中国の山東半島に出兵、青島を占拠するなどの情勢を背景に、一九一五年（大正四）三月で政友会に大勝して、一五年七月に山県の宿願の二個師団増設を成立させた。すでに元帥となり、公爵に叙せられ、元老の地位を得、首相として二度の組閣ののち、枢密院議長となるという位人身をきわめた山県にとっても、鷗外が『空車』を書いた一九一六年のころは、彼の晩年のもっとも花やかな、自信に満ちた時期であろう。

その彼が、天皇の象徴である「空車」を牽く馬の口を取って大道を悠々と闊歩するのは、彼にとってもっともふさわしい、晴れがましい仕事であろう。私はあらためて、『空車』にみる空車を牽く馬の口を取る大男は、山県有朋とする考えを主張したい。

2

前稿の読者より教示を得た点というのは、大男が口を取る馬の牽く車に、王子からくる白山の通りで出会うという『空車』の記事についてである。『空車』のその個所を引く。

　わたくしは白山(はくさん)の通で、此車が洋紙を梱載して王子から来るのに逢ふことがある。（中略）わたくしは此車が空車として行くに逢ふ毎に、目迎へてこれを送ることを禁じ得ない。


とある。白山の通りは、本郷の通りの西側をほぼ南北に通る道で、一八九二年（明治二五）から一九二二年（大正一一）に没するまで鷗外の住んだ本郷千駄木の家からおよそ五、六百メートルの距離である。この家は新築後増築してその二階に書斎を設け、観潮楼と称した。彼がときどき東京都の北区にある王子に通ずる白山の通りで、洋紙を積んだ車に出あうのは不思議ではないが、洋紙を積んだ車が通るのは王子に通ずる白山の通りとは限るまい。なぜ王子からくる車を鷗外は取りあげるのであろうか。

　私はこのことが気になりながら、管見のかぎりそれを追求した研究を知らず、前稿ではまったく触れなかった。ところが、前稿を発表したあと、この拙文を載せた本誌前号をお贈りした畏友で近代史の研究家鈴木良氏より教示を賜った。氏の了解を得て、それを次に記す。

「わたくしは白山の通で、此車が洋紙を梱載して王子から来るのに逢ふことがある」とあります。王子は国立印刷局（内閣所管の外局、一九八八年）があった処で、白山通りに通じています。官報やその他が印刷されましたが、御真影や詔勅の類もここで印刷されたと思われます。

拝見して、なるほどそうか、多年の疑団、一時に氷解、漆桶を抜く思いとはこのことか、と膝を打った。以下に述べるところは、鈴木氏の教示にみちびかれて、それから私の調べ、また考えたことである。

東京の王子には現在、王子製紙株式会社があって洋紙を盛大に製造しているが、王子で洋紙製造をはじめたのは、日本の資本主義の最高の指導者と称される渋沢栄一が、一八七三年（明治六）に創立した「抄紙会社」で、渋沢が初代の社長となった。この時渋沢は三三歳であった。社屋を王子の地においたのは、近くを流れる石神井（しゃくじい）川の水を利用するためである。

彼は一八四〇年（天保一一）に埼玉県の豪農の家に生れるが、一八六九年（明治二）に政府にはいり、民部省に勤務、七一年に大蔵省に移り、大蔵大丞となって紙幣寮紙幣頭を兼任した。一八七三年、大蔵省を退き、第一国立銀行の創立にかかわって、その総監役に就任するが、洋紙を日本で造る必要を感じたのであろう、銀行の仕事のかたわら、「抄紙会社」を創設し、洋紙の製造に着手して、一八七五年（明治八）から操業を開始した。

一方、政府の印刷局は、前記の鈴木氏の指摘の通り、紙幣・銀行券・公債・官報、さらに詔勅・「御真影」等々、政府刊行物の製造を業務とするが、その前身は一八七一年、大蔵省内に設置された紙幣司で、同年紙幣寮に昇格する。そして長官の紙幣頭が前述したように渋沢栄一である。大蔵省印刷局と抄紙会社及びその後身の王子製紙（詳しくいうと、抄紙会社は一八七六年に「製紙会社」と改名、一八九三年〈明治二六〉に「王子製紙株式会社」となる）の関係が密接であることは改めていうまでもあるまい。抄紙会社＝王子製紙の製造する洋紙は大量に大蔵省に買い取られたであろう。印刷局は王子に置かれ、大蔵省の外局となる。

その後の王子製紙の発展のいちいちは省略するが、一九〇四年、北海道の苫小牧に工場を設け、一九一七年（大正六）には樺太に進出して豊原に工場を開く。鴎外が『空車』を書いた一六年はまさに王子製紙の隆盛のときであった。鴎外が、その作『空車』のなかで、空車が洋紙を梱載して王子から来る、というのは、鈴木氏が言うように、前述の紙幣以下の政府の各種刊行物を満載してくることであろう。白山の通りは宮城の南をまわって、霞ヶ関の官庁街に通ずるのである。

3

洋紙を積んだ「空車」が王子から白山へやってくる事情はわかったが、実はそれだけでは問題は解決しない。鴎外は「此車が洋紙を梱載して」来るときは、「此車はわたくしの目にとまらない」と言い、「空車」が文字通り、何も積まずに行く時に逢えば、「目迎へてこれを送ることを禁じえない」―つまり敬意を表せずにはおられない、という。空虚の場合は尊敬するが、洋紙を「梱載」している場合は「目にとまらない」。つまり無視するというのである。

それは何故であろうか。空車が王子から運んでくる洋紙は、ただの洋紙ではない。国の経済を支える紙幣・公債や、政治の運営にかかわる官報、天皇の考えを記す詔勅、天皇自身の姿を表わす「御真影」などである。鴎外はそれらを積んだ車を無視し、空虚の車を尊敬する。普通の常識とは反対である。しかし、そこが『空車』という作品の最大の問題点であるように思われる。

それに対する私の考えは次のようである。紙幣や公債は近代国家の必要から生れたもので、天皇個人の偉大さを示すものではない。官報も同様である。詔勅もまた天皇を取りまく政治の必要から、政治を動かす人、とくに元老たちの考えを、天皇の言葉で示したものといえるだろう。「御真影」も原板にいくたの修正を加え発表されるのであり、また政治の必要のために作られたものである。それらの品じなを載せ挽かれてゆく空車を、鴎外は「大いなる荷車」と表現している。「其構造は極めて原始的で、大八車と云ふものに似てゐる。只(ただ)大きさがこれに数倍してゐる」という。「空車」は「大いなる荷車」「大きな大八車」とかわらない。彼が「洋紙を梱載して王子から来る」空車は目にとまらないと言って無視するのは当然であろう。

しかし空車が何も積まないでからの車として行くときは、前稿で池内健次氏の論を引用して述べたように、「空車」は天皇制または天皇の象徴である。鴎外が「空虚であるが故に、人をして一層その大きさを覚えしむる」と言い、これに逢えば、「目迎へて」敬意を表せずにはおられないのはそのためである。

実は私は前稿を書くときは、このことに思い及ばなかった。前稿の一九八ページのおわりから三行目以下に、鴎外が「此車だつていつも空虚でないことは、言を須たない。(中略)しかし、さう云ふ時には此車はわたくしの目にとまらない」といっている文を引き、空虚でない時とは、形骸化した天皇を載せた時であると考え、そうした天皇について、「語るわけにはいかない」、「此車はわたしの目にとまらない」と書いたのであろうと述べた。しかし、いま思うとそれは私の誤りであった。ここに載せた拙稿に書いたように、紙幣・公債から詔勅・「御真影」に至る洋紙の印刷物を積んだ時は、「空車」は大八車のように荷車として扱われているのであって、尊敬できない、注意して見たりはしない、「目にとまらない」と言ったと考えるべきであろう。

そうして、その尊敬すべき空車を、当代第一の権力者である山県有朋を思わせる大男がこれを牽く馬の口を取って、大股に悠々と進んで行くことには何の批判も加えない。鴎外は明治・大正の時代に造られた天皇は尊敬しないが、天皇の身にそなわった長い伝統はそのまま是認して尊敬しているのである。

きびしく言えば、これは鴎外の考えの未熟、あいまいさを示しているといわねばならない。しかしそのように突き進めて行けば、明治・大正の時代に官吏として天皇に仕える鴎外の立場はなくなる。酷評するなら、鴎外の『空車』は、鴎外が官吏としての自分を守るため、納得させるために書いた作と言えるかも知れない。私は一九一〇年（明治四三）の大逆事件のあと、一九一二年に鴎外の書いた小説「かのやうに」を思い出さざるを得ない。

この小説「かのやうに」は神話研究の危険をテーマにした作品といえるだろう。神話研究を進めて行くと、神話が歴史ではないことが明らかになる。しかし明治憲法下の日本では、それは非常な危険をともなう。そこで考え出されるのが、「かのようにの哲学（註）」である。学問の上では点は位置だけあって大きさがない。線は長さだけあって幅はない。そんなものは現実には存在しないが、そうした点と線とがあるかのように考えなくては幾何学は成立しない。「かのようにの哲学」とは、危険をはらんだ学問も、「かのように」の上に成立させれば安全である、という考えである。神話は歴史ではない、神は実在しない。しかしそれを認めると危険である。神は実在するかのように、神話は歴史であるかのように取り扱っておけば、危険はない。このくらい安全な思想はないと小説の副主人公の綾小路は、主張する。

明治・大正の日本では、論理を徹底させようとすると、至る所に危険が待っていた。その危険は昭和の前半期まで続いた。私たちは鴎外のあいまいさや妥協を批判するのではなく、その時代を生きた学者・思想家の困難を思うべきであろう。

そしてそういう不自由な時代が、ふたたび日本にこないように努力すべきである。

（註）「かのようにの哲学」については、拙稿「日本古代史の研究と学問の自由」（本書「余論」Ⅰ）の一六九ページから一七〇ページにかけて五条秀麿の語るところに詳しい。

〔追記〕拙稿の文中、王子製紙に関する事項は、王子製紙株式会社の企画制作の『王子製紙社史　本編』（二〇〇一年九月刊）による。

あとがきにかえて

私は武者小路実篤先生から手紙を二通いただいた。そのうちの一通は、本書の「Ⅲ　武者小路実篤の思い出」の「五　奈良と武者小路先生」（一二〇～一二二頁）で紹介したので、ここではもう一通のほうを書かしていただく。

それは一九四五年の太平洋戦争終結後、私が京都大学の大学院で大学院生として日本史の勉強をしているとき、勉強の余暇に書いたもので、専攻していた古代史に題材を求めた戯曲で、三〇歳ごろの作である。四〇〇字詰用紙四、五〇枚はあったと思う。勉強の余暇といっても、勉強の時間を削いて書いたのは、作家になりたいという若い時からの思いが捨てきれなかったからである。旧制高校のときに知りあった鎌倉在住の作家にも読んでもらったが、武者小路先生のところへも、書き留め便でお送りした。そしてその数日後、つぎのようなおハガキをいただいた。

御原稿拝見、中々労作でしつかりかけてゐると思ひましたが、芝居としては会話が少し

著者近影（恵美子夫人と西大寺・らくじ苑にて、2013年５月）

平板で劇的な処が少し足りなくはないかと思ひましたが、処女作（？）としては大作ととつくまれたのをうれしく思ひ、君の将来に期待のもてるのをよろこびました。委しくはお逢ひした時に。

お忙しいなか、ご了解もなく手書きの長い原稿をお送りしたのに、すぐお返事を下さったことにまず感謝しなければならない。そして私の拙い作品の欠点を的確に指摘して批判して下さり、筆者が気を落さないように、

「将来に期待のもてるのをよろこぶ」とまで言って下さっている。

二重、三重にありがたいおハガキであったが、私も古代史の勉強が進んでくると、文学とちがった歴史学の面白さがわかって来た。また日本の歴史学界に研究の進んでいない所の少なくないことに気がついて、そういう所を指摘して論文を書いて論争をはじめると、文学に手をつける時間はなくなってきた。

また私の信頼する歴史学の先輩で、私の文学好きを知っていて、君はやっぱり文学より歴史学に向いているよ、と批評して下さる方もあった。

こうして、戦後の五年間ほどがたち、私は大阪のある大学の教員となった。それで生活は安定するが、月給をもらうようになると、自分の勉強だけでなく、学生の面倒もみなければならない。もう文学に手を出す予猶はなくなり、いつのまにか六〇年あまりの年月がたって今日に至った。

武者小路先生からいただいたおハガキを手がかりの一つとして、私の中における文学と歴史学のかかわりの一面を記して、本書のあとがきにさせていただく。

直木孝次郎

初出一覧

Ⅰ　武者小路実篤とその時代

一　武者小路実篤における平和と戦争（新稿）

付録　武者小路実篤『ある青年の夢』について（『新しき村』一九九八年四月号）

二　武者小路実篤と乃木希典（『新しき村』「乃木希典と白樺派」二〇一一年八月号を改題）

三　『肉弾』の著者のみた乃木希典と新しき村（『新しき村』二〇一一年一一月号）

Ⅱ　武者小路実篤研究の問題点

一　『人間万歳』について（新稿）

二　武者小路実篤の周作人あて書簡について（新稿）

Ⅲ　武者小路実篤の思い出

一　武者小路先生の訪欧歓送会（『新しき村』一九九六年一二月号）

二　雪舟「山水長巻」と先生（『新しき村』一九九七年五月号）
三　牟礼時代の武者小路先生（『新しき村』一九八〇年五月号）
四　武者小路先生と竹久夢二（『新しき村』一九八三年一一月号）
五　奈良と武者小路先生（『ぽっぽ』「武者小路実篤先生と大和」五〇～五三、一九七八年二月～五月を改題）
六　「よかったら」と杉の林（『新しき村』二〇〇八年一一月号）

Ⅳ　武者小路実篤をめぐる人々

一　杉山正雄さんと日向の「村」（『新しき村』「杉山正雄追悼号」一九八三年九月号）
二　梨と彼岸花（『新しき村』一九八八年一一月号）
三　歴史学者坂本太郎先生と「新しき村」（『坂本太郎著作集』第六巻付録、吉川弘文館一九八八年一〇月「坂本先生と『新しき村』」を改題）
四　想い出の岸田劉生の画（「出版ダイジェスト」一九八八年一二月一一日号）
五　志賀直哉の名と『論語』（『新しき村』二〇一一年五月号）
六　武者小路実篤の「遺言状」に見える人びとについて（新稿）

余論　日本史研究と文学者

一　日本古代史の研究と学問の自由（『歴史評論』三六三号、一九八〇年七月）

二　森鷗外は天皇制をどう見たか（『カスティリヨ　ウエノ』〈兵庫県立神戸高校卒業生の会〉一一二号・一一三号）

直木孝次郎（なおき・こうじろう）

一九一九年、神戸市に生まれる。京都大学文学部卒業。大阪市立大学文学部教授・岡山大学文学部教授その他を歴任。大阪市立大学名誉教授。

［主要著書］

『夜の船出—古代史からみた萬葉集』（一九八六年、塙書房）、『新編　わたしの法隆寺』（一九九四年、塙書房）、『秋篠川のほとりから』（一九九五年、塙書房）、『山川登美子と与謝野晶子』（一九九六年、塙書房）、『万葉集と古代史』（二〇〇〇年、吉川弘文館）、『古代河内政権の研究』（二〇〇五年、塙書房）、『日本古代史と応神天皇』（二〇一五年、塙書房）、他

武者小路実篤とその世界

二〇一六年四月五日　初版第一刷

著者——直木孝次郎

発行者——白石タイ

発行所——株式会社塙書房

〒113-0033　東京都文京区本郷6-8-16

電話＝03-3812-5821　振替＝00100-6-8782

印刷・製本所——亜細亜印刷・弘伸製本

装丁者——古川文夫（本郷書房）

落丁・乱丁本はお取り替えいたします。定価はカヴァーに表示してあります。

ISBN978-4-8273-0123-6 C1095